AF450788

ELENA INUSO

LO SPECCHIO DELL'ANIMA

Prefazione di
Attilio Gorassini

PREFAZIONE
di
Attilio Gorassini

Prefatio di parte... sorpresa allo specchio!

In questo dicembre 2018 non mi sono sorpreso per il fatto che una brava studentessa ormai dottore, Elena Inuso, abbia scritto un qualcosa: avendo frequentato un mio corso universitario particolare (una materia opzionale insegnata per pochi anni) ed avendo da Lei avuto la deregistrazione ragionata delle lezioni svolte, ne avevo già scoperto ed apprezzato le capacità linguistiche e la modalità coinvolgente di scrivere le cose. Ero certo che prima o poi avrei letto qualcosa di Suo. Certo non pensavo un romanzo, ma qualcosa di tecnico.

Mi sono sorpreso della Sua richiesta di presentazione del suo romanzo. Perché proprio a me? Ho letto il libro e forse ho capito: ma rimarrà un segreto non detto tra me e Lei, esplicitabile forse solo nel momento in cui capiterà di guardarci negli occhi che non possono mentire, come sa bene e ha scritto la dott.ssa Elena Inuso.

Ho letto il manoscritto impaginato per la pubblicazione (è stata una mia esplicita richiesta) in due pomeriggi tra Natale e Capodanno; e mi ha sorpreso non poco la intrigante bellezza del romanzo, costruito sulle ombre accoglienti dei sentimenti che crescono e riempiono i vuoti d'animo degli attimi assunti come interminabili perché colmi del senso di solitudine: senza la presenza di almeno un altro che sappia darti fiducia e amarti per come sei, piccolo e fragile di senso, senza un vero scopo d'esistenza definito; ma in fondo pieno di caparbietà nel volerlo cercare.

Storia intrigante, con i Capitoli dai nomi che si alternano (Gemma e Angela) sino a diventare anonimi nella loro certezza di essere solo progressivi, sino al poetico *Explicit*, ove arrivi dopo aver avuto a tratti di lettura gli occhi invasi da lacrime.

Scrittura fluida sia nei momenti dei fatti difficili, anche viscerali, sia nella delicata descrizione della sessualità vissuta nella disarmante semplicità del donarsi e conoscersi degli esseri, come il vero e insostituibile salto nel vuoto di chi comunque osa sperare nella vita.

"Provarci è sempre meglio che vivere nel dubbio".

Dopo che hai iniziato a leggere, come capita con tutti i veri romanzi, ti costa fatica smettere per occuparti delle faccende della tua vita:
soprattutto quando le storie dei protagonisti Gemma, Angela, Lorenzo
e famiglia/e si incrociano in puzzle e capisci che tutto è scommessa
sull'Amore trovato o *ri*-trovato: "nessuno può vivere senza amore".

Che occhi ha il Principe Azzurro? O forse azzurro è l'orizzonte
della speranza di una vita piena d'Amore? Spesso l'orizzonte è un chi
che si moltiplica in tanti nomi di persone che fanno la tua vita e ti
danno speranza, anche quando pensi d'averla persa.

Grazie Elena per questo regalo ai lettori e per avermi ancora fatto
sperare nell'Adam, uomo e donna Dio (lo) creò per renderlo Principe
del Mondo: Angelo/a dagli occhi blu!!!

A mio Marito.
Grazie di avermi dimostrato
che il Principe Azzurro qualche volta esiste davvero.

PRIMA PARTE

CAPITOLO I

Gemma

La principessa si guardava intorno, era tutto deserto. Soltanto un imponente castello si ergeva maestoso davanti ai suoi occhi.

«Il mio principe azzurro dovrà trovarsi lì per forza!» esclamò fiduciosa. E ricominciò lentamente a camminare.

Superando un massiccio portone che permetteva di accedere a un enorme atrio splendente, iniziò a percorrere la grande scalinata che si trovava all'angolo della sala, sollevando leggermente con le mani il suo lungo ed elegante vestito rosa, per evitare di inciampare.

Era emozionata, perché sapeva che il momento tanto atteso stava per arrivare, il suo sogno d'amore si sarebbe potuto finalmente realizzare.

Arrivata in cima, le pareti erano piene di quadri raffiguranti re e regine del passato, grandi e lucide sculture affiancavano ogni angolo, insieme a costosi vasi che ospitavano rarissime piante. Poi, d'un tratto, lo vide!

Lui, bellissimo... la aspettava in piedi al centro della terrazza che dava sul giardino; senza esitare iniziò a corrergli incontro e...

«Gemma! Sbrigati, è pronto in tavola.»

L'urlo di sua madre interruppe proprio sul più bello la storia che stava recitando con la sua unica Barbie e un bambolotto improvvisato che fungeva da Ken. E la magia svanì in un secondo.

Una testolina di riccioli biondi emerse dalla montagna di cuscini e lenzuola che simulavano il castello del principe.

«Arrivo, mamma» borbottò amareggiata.

Magari avrebbe potuto riprendere a giocare dopo pranzo.

Gemma Versaci aveva solo dieci anni, ma la sua fervida fantasia le permetteva di spaziare continuamente dal mondo più incantato allo scenario più cupo, con la sola forza della sua mente e dei sogni che le riempivano le giocose giornate.

Non aveva molti giocattoli; sua madre non amava riempirla di doni, forse più per una sua convinzione psicologica che per mancanza di soldi. Probabilmente non voleva viziarla, o magari semplicemente non riteneva che ciò rappresentasse uno dei suoi bisogni primari.

E infatti, Gemma si accontentava davvero di poco, riusciva a divertirsi anche soltanto inventando situazioni irreali e favole correlate a quello che durante la giornata le accadeva.

Era però legatissima a uno solo fra gli oggetti materiali che possedeva: un ormai vecchissimo cagnolino di peluche, che aveva chiamato Toby, e che, nonostante avesse perso del tutto la morbidezza originaria e persino il nasino, significava tantissimo per lei.

Forse perché le ricordava l'amore di suo padre, che glielo aveva portato per regalo una sera, tornando da un viaggio di lavoro. Quel padre che ormai da un paio di anni vedeva solo una o due volte l'anno, visto che si era trasferito in America, e sempre per troppo poco tempo. Forse perché dal giorno in cui lui era andato via di casa il ruolo di quel piccolo pezzo di stoffa si era elevato fino al punto da rappresentare il suo più grande amico.

Fatto sta che nessuno poteva osare toccarlo, anche perché Gemma lo portava sempre con sé; dormiva con lui, stringendolo sotto le coperte, e lo nascondeva in fondo allo zainetto di scuola la mattina, stando attenta che i libri non lo schiacciassero. A volte gli parlava anche, raccontandogli i pensieri più reconditi e i segreti che custodiva nel profondo del cuore.

Non che non avesse amici, anzi era una bambina molto dolce e socievole, benché, soprattutto quando non aveva molta confidenza con qualcuno, fosse costretta a lottare continuamente con la timidezza che rischiava di eclissarla.

Il problema più grande nelle relazioni con gli altri, per lei, era sicuramente confessare il piccolo mondo interiore che si era costruita, probabilmente per l'irrazionale paura di non essere capita, se mai avesse raccontato a qualcuno una delle storie partorite dalla sua fantasia.

Le era capitato, però, di giocare con qualche compagnetta di scuola, nelle occasioni in cui si incontravano nel pomeriggio o durante le feste di compleanno, e allora si era potuta sbizzarrire nell'inventare situazioni da "interpretare" insieme, proponendo però ogni più piccola idea sempre in punta di piedi, scrutando le reazioni altrui, nel terrore che non venissero accettate con piacere. Finora comunque non era mai successo, e al contrario le ragazze sembravano apprezzare il suo spirito d'iniziativa, consentendole così di sviluppare un po' più di fiducia in se stessa e nelle sue potenzialità, che, se tirate fuori dall'angusto angolino in cui le aveva da sempre confinate, potevano forse portare a qualcosa di buono ogni tanto.

La scuola non le dispiaceva, era diligente nello svolgere i compiti a casa, ma più che altro cercava di finire velocemente in modo da poter poi dedicare tutto il resto del pomeriggio a giocare o a guardare i suoi programmi preferiti in tv.

Avere delle cose, spesso poco divertenti, da dover portare necessariamente a termine, se da un lato era fastidioso e seccante, dall'altro serviva a rendere più piacevoli i momenti di svago, dopo che gli incombenti potevano essere finalmente accantonati.

Forse una vita senza nulla da fare, solo di gioco, sarebbe potuta diventare monotona. Ecco perché Gemma amava la scuola: in fondo era grazie alla sua esistenza se tutto il resto diventava più bello.

Sua madre non le aveva mai detto quanto importante fosse studiare, ma il suo essere meticolosa nell'accompagnarla o nel trovarle dei passaggi quando aveva da fare, nel chiederle se avesse studiato, nel controllarle il diario quotidianamente, corrispondeva nei fatti a quello che lei sapeva già.

Inoltre, ricordava ancora nitidamente le parole che le aveva detto suo padre il suo primo giorno di scuola, quando, emozionato, l'aveva accompagnata fino al portone: «Buona fortuna, bambina mia. Ricordati sempre che la vita è un esame continuo.»

Questo non poteva significare altro se non che bisognava farsi trovare preparati, quando il fatidico giorno dell'esame sarebbe arrivato.

D'altronde era anche stimolante imparare qualcosa di nuovo, la curiosità rappresentava un punto a suo favore, soprattutto quando si trattava di studiare scienze o arte e immagine, anche se la materia che più amava era senza dubbio l'italiano, soprattutto perché il mercoledì era il giorno del tema e in quelle due ore la sua creatività e immaginazione potevano essere sfruttate al massimo, in particolare se tra le tracce possibili vi erano quelle di fantasia. Quante storie aveva inventato... e la maestra la gratificava spesso con ottimi voti, il che era anche meglio, visto che in realtà per lei era un divertimento tradurre in un testo scritto tutto ciò che le passava per la mente.

Un po' meno semplice era assimilare la matematica o l'inglese, materie più pratiche e che necessitavano di grande concentrazione, ma ce la metteva lo stesso tutta per capirle, perché prendere dei brutti voti era quasi una sconfitta con se stessa e, benché non le venisse affatto naturale, non voleva perdere senza nemmeno provarci.

«Odio le verdure... odio tutto ciò che è verde» si lamentò non appena vide il piatto fumante di spinaci bolliti che sua madre le aveva appena messo sotto il naso.

«Se non mangi tutto niente tv fino a domani» ribatté lei all'istante.

Si sforzò anche solo per mandar giù il primo boccone. La mamma non sopportava che lasciasse il cibo nel piatto, Gemma sapeva bene che se avesse continuato a protestare avrebbe rischiato di suscitare la sua ira. E allora non se la sarebbe cavata di certo solamente con un giorno senza televisione.

Per riuscire a mangiare usò uno dei suoi soliti stratagemmi: finse di essere una povera fanciulla, prigioniera di una strega cattiva che l'aveva rinchiusa in una torre senza permetterle mai di uscire e di vedere il mondo; gli spinaci le avrebbero dato la forza per reagire e ribellarsi e la giusta carica per progettare la sua fuga. Non doveva arrendersi.

Improvvisamente, dopo questa trovata, le verdure avevano già un altro sapore.

Aiutò sua madre, Rosalba, a sparecchiare, più per dovere che perché desiderava farlo.

Ormai tra loro vi era una sorta di abitualità, dei rituali che non necessitavano più di parole; Gemma sapeva cosa lei pretendeva facesse, ma anche cosa gradiva e cosa odiava, e cercava di accontentarla sempre, perché vederla arrabbiata era qualcosa di devastante per lei.

L'aveva vista spesso in passato cambiare colore, urlare furiosamente, cercare di picchiarla, a volte anche in viso: una bruciante umiliazione ben visibile lì, dritta nel volto. E questo sperava non sarebbe accaduto mai più.

La rabbia che aveva provato nei suoi confronti era però svanita del tutto quando entrambe avevano dovuto subire il duro periodo della separazione, quando l'uomo della loro vita le aveva lasciate.

Gemma allora doveva ancora compiere otto anni, ma certe scene sarebbero rimaste sempre vive nella sua memoria, soprattutto le lacrime di sua madre, dopo ogni litigio, e le parole orrende che i suoi genitori si urlavano tra loro.

Subì tutto questo per mesi, e quando lui, alla fine, andò via, fu quasi una liberazione, un ritorno alla calma e al silenzio che prima per troppo tempo erano venuti a mancare in quella casa.

Ma si aprì un vuoto dentro di lei, dovuto all'improvviso scomparire di una figura importante, fondamentale, che niente e nessuno mai avrebbe potuto rimpiazzare, e che quegli incontri padre-figlia, sempre meno frequenti e meno confidenziali, man mano che il tempo scoloriva il loro legame, non potevano di certo colmare.

«Ricordati che non è colpa tua, amore mio» le aveva detto lui una volta. «Io ti vorrò sempre bene e sarai sempre con me, qualsiasi cosa accada.»

Parole dette col cuore, sicuramente, ma sbiadite dall'assenza costante che, ormai, era tutto ciò che le restava.

Quel distacco, inoltre, portò a un'altra, forse ancor più inaspettata, conseguenza: determinò un profondo cambiamento nel rapporto con sua madre.

Rimaste da sole, invece di unirsi e di affrontare insieme la mutata situazione familiare, come ragionevolmente si poteva prevedere, le due non fecero che allontanarsi, chiudersi in loro stesse e nei propri, inconfessabili, silenzi.

La loro relazione divenne, d'improvviso, sempre più simile a una pacifica convivenza; certo, si aiutavano a vicenda nelle faccende quotidiane, cercavano di capire l'una le esigenze dell'altra, ma parlavano poco, non si rivelavano i propri sogni e le proprie aspirazioni, non si scaldavano reciprocamente il cuore nei giorni in cui faceva più freddo, e non solo all'esterno.

Il bisogno che una figlia ha nei confronti di sua madre, tuttavia, non può mai venir meno del tutto, per questo spesso Gemma tentava timidamente dei riavvicinamenti.

Delle volte le chiedeva di aiutarla con i compiti al solo e unico fine di starle un po' vicina e di passare del tempo con lei, anche se, subito dopo averlo fatto, leggere nei suoi occhi la malcelata poca voglia che a ogni sua richiesta inevitabilmente conseguiva, faceva puntualmente pentire la piccola, oltre a farle ripromettere (senza che poi ottemperasse davvero) che non le avrebbe più chiesto niente.

Quello che davvero faceva impazzire Gemma, comunque, non erano tanto le eventuali grida e le temporanee furiose quanto futili arrabbiature della madre, ma, piuttosto, l'indifferenza che da qualche tempo aveva sviluppato, oltre che rispetto alla sua unica figlia, anche nei riguardi del mondo nel suo complesso.

Ciò che accadeva intorno a lei sembrava a volte non scalfirla per nulla, compiva automaticamente dei gesti quasi meccanici, quando usciva si truccava con gli occhi spenti, senza guardarsi davvero allo specchio, oppure restava ore di sera davanti alla tv senza mostrare il minimo segno di apprezzamento o di sdegno, magari pensando ad altro, persa in una qualche dimensione parallela.

Chissà se pensava ancora a suo marito... chissà se era così fredda con sua figlia perché, come le aveva detto mille volte in passato, lei e suo padre erano due gocce d'acqua. Ma, di questo, che colpa poteva mai avere una bambina?

Forse era una donna troppo sola, una donna che sentiva di aver fallito totalmente nella sua vita, senza accorgersi che, nonostante tutto, di cose belle il mondo ne era ancora pieno, bastava solo guardarsi un po' attorno, o magari, al contrario, riflettere su se stessi, capirsi e perdonarsi per i propri errori, accettarsi per quello che si è (o per quello che la vita ha portato a essere) e pensare al domani, perché, oggi come ieri, non bisogna mai dire mai.

«Mamma, oggi non devi lavorare, vero? Vuoi guardare con me *Sailor Moon*? Sai, è il mio cartone preferito...» incalzò Gemma, facendosi coraggio.

Era fiera di essere riuscita a finire le sue verdure, non meritava forse una seppur lieve ricompensa? Le sarebbe bastato anche solo quel breve periodo accoccolata sul divano con lei per sentire di aver fatto finalmente qualcosa per ricucire il loro legame.

«No, lo sai che quando non lavoro ho sempre mille cose da fare in casa» replicò Rosalba, visibilmente irritata. «Anzi, a proposito, invece di startene davanti alla televisione tutto il giorno, vieni ad aiutarmi a pulire» continuò seccamente.

Per tutta risposta, Gemma abbassò i profondi occhioni azzurri, senza trovare le parole per replicare.

Ennesimo tentativo andato a vuoto, ennesima delusione.

Rosalba Marino viveva con sua figlia in una tranquilla casa di periferia a pochi minuti di strada da Reggio Calabria.

Aveva iniziato a lavorare ormai da quasi due anni come rappresentante di prodotti di bellezza, quindi aveva degli orari abbastanza flessibili, come variabili erano anche i suoi guadagni mensili.

Capelli e occhi color nocciola, lineamenti delicati e una costituzione esile ma non priva di forme la rendevano una donna molto attraente; o forse lo era stata, prima che l'avanzare dell'oblio e della rassegnazione si impadronissero di lei, impedendole di mostrare il suo vero volto, quel sorriso splendente che aveva fatto perdere la testa a molti uomini, benché lei fosse rimasta folgorata, ad appena diciotto anni, da uno solo di loro, che presto era diventato suo marito.

Si era sposata molto giovane, probabilmente perché, ritrovatasi da sola a causa della perdita dei genitori in un tragico incidente stradale, aveva identificato, in quell'uomo così affascinante e carismatico, il compagno ideale, grazie anche all'incredibile senso di protezione che lui nutriva nei suoi confronti, tanto da farle credere che nulla di meglio avrebbe potuto desiderare dalla vita.

Lui si chiamava Michele Versaci, aveva dieci anni più di lei e lavorava come informatico nella sede locale di un'azienda importante, guadagnando bene. Il suo impiego, però, comportava periodicamente delle lunghe trasferte di lavoro, persino all'estero, e per questo era spesso costretto a lasciare Rosalba a casa da sola, facendo nascere in lei, in quei lunghi periodi di lontananza, un profondo bisogno di averlo accanto.

Questa sensazione, che con il passare del tempo mutava forma e si incrementava, alla fine si trasformò in una sorta di dipendenza, quasi morbosa, che lei nutriva e coltivava, involontariamente, dentro, e che la portò in certe circostanze anche a soffrire, star male fisicamente, per la mancanza di lui.

La scoperta, due anni dopo il matrimonio, di essere finalmente rimasta incinta diede una forte scossa alla sua vita, fu una gioia immensa, estremamente cercata e voluta, anche se fino ad allora senza successo.

Dentro di lei, anche se non lo confessò mai neanche a se stessa, quel bambino in arrivo rappresentava, non tanto o non soltanto il coronamento del loro amore, ma anche, in parte, una sorta di appartenenza, di possesso, di "marchio di fabbrica" che aveva apposto su quel marito così perfetto, ma che sentiva spesso distante e sfuggente.

La realtà dei fatti fu però ben diversa, e l'avrebbe scoperto a sue spese otto anni dopo, quando, nonostante gli occhi pieni di lacrime di quella stupenda bambina che Michele tanto amava, lui si trovava sull'uscio della porta, deciso a voltare definitivamente le spalle a quella vita e a non tornare più indietro.

Nonostante l'enorme emozione iniziale, e le bellissime aspettative che la giovane donna nutriva, anche la gravidanza e il parto, nonché i primi mesi di vita di Gemma, furono per lei estremamente distruttivi e infelici.

Fu come quando si desidera infinitamente qualcosa e poi, una volta ottenuta, la gioia svanisce, l'ebbrezza si placa e non ci si ricorda più, persino, perché la si volesse così tanto.

In cuor suo, Rosalba sapeva, ovviamente, che quella gravidanza era il dono più grande che si potesse ricevere in tutta la vita, ma, forse per la sua incurabile indole al pessimismo, pur con tutti gli sforzi non riusciva a godersi il momento; si sentiva ancora più infelice e sola.

Le nausee mattutine, i dolori alla schiena e al ventre, il malessere generale diventarono solo la scusa che trovava per giustificare la sua profonda e inconcepibile frustrazione.

Michele, dal canto suo, cercava di starle vicino il più possibile; la rassicurava, le sorrideva, la colmava di regali e di attenzioni, con il dichiarato intento di farle ricordare cosa quel bambino o quella bambina avrebbe rappresentato per la loro vita e quanto era stato desiderato da entrambi.

Vi erano spesso, comunque, degli sprazzi di luce, dei momenti in cui Rosalba ricordava quanto fosse fortunata ad aver incontrato un uomo così meraviglioso e a portare in grembo il suo bambino.

Ogni tanto, le confessò suo marito in seguito, rientrando a casa dal lavoro la sorprendeva a cantare dolci melodie o a raccontare alla figlia non ancora nata le sue impressioni sul mondo che l'avrebbe accolta.

E allora il suo cuore si riempiva di gioia nel rivedere la donna che aveva sposato, la giovane, bellissima ragazza che era stata capace di stravolgere il suo mondo fatto di numeri e di schemi e di trascinarlo in un universo di passione e desiderio. E restava ad ascoltarla ancora un po', senza far rumore, nascosto in un angolo buio della casa, per non interrompere quella magia.

Tuttavia, l'amore sconvolgente dei primi anni di matrimonio sembrava ormai essersi assopito, eclissato da un pancione in crescita che impediva a Rosalba di sentirsi ancora desiderabile e la faceva ritrarre ogni volta che lui provava a toccarla. Non poteva sapere quanto lui la vedesse ancora più raggiante e bella di sempre.

I mesi passarono, tra alti e bassi, e, nonostante qualche piccola complicazione durante il parto, Rosalba mise alla luce una meravigliosa bambina, con corti capelli biondi, ereditati dal padre, le labbra carnose e gli occhi lucenti.

La chiamarono Gemma, perché per loro era come una pietra preziosa: rara, pura e brillante come non mai.

Era una bambina gioiosa e tranquilla, che non diede mai molti problemi e si rivelò da subito incredibilmente riflessiva e matura per la sua età.

Rosalba soffrì però di una leggera depressione post parto, a partire da qualche settimana dopo la nascita della piccola.

I sintomi non si manifestarono in maniera evidente. Fu suo marito a tentare di farle notare i segnali di forte stress e stanchezza cronica che la rendevano distratta, distante ed estremamente irritabile. Tuttavia, lei gli impediva di aiutarla e persino di parlargliene, continuando a negare, sulla difensiva, e assicurando che stava bene e che sarebbe riuscita a fare tutto da sola.

Durante quel periodo, Michele ricevette un'importante possibilità di progressione di carriera: la sua azienda avrebbe aperto una filiale all'estero e il suo superiore lo voleva lì: ad amministrare la nuova sede. L'entusiasmo e la soddisfazione che balenarono nella sua mente durarono però solo il tempo di un secondo; non poteva lasciare la sua famiglia, non poteva abbandonare quella creatura così indifesa, né chiedere a sua moglie un ulteriore, così drastico, cambiamento di vita: era chiaro che lei non l'avrebbe sopportato.

Rosalba capì troppo tardi che fu quello il punto di rottura, il momento esatto in cui Michele iniziò, inesorabilmente, a sentirsi profondamente insoddisfatto.

Il lavoro non lo gratificava più come un tempo, forse nella prospettiva di quel salto in avanti che avrebbe potuto vivere e al quale, invece, aveva rinunciato senza battere ciglio. Tornare a casa, poi, non era mai come sperava: trovava sua moglie sul divano, stremata, affaticata, e la bambina sola nella culla, come abbandonata a se stessa.

Fu costretto a dover fare un doppio lavoro, rientrando nel nido familiare, perché altrimenti nessuno l'avrebbe compiuto. Preparava da mangiare, puliva e cambiava sua figlia, le faceva il bagnetto e le dava il latte, cercando di giustificare come poteva quella donna così fragile, che ormai appariva persino a se stessa come l'ombra di ciò che era stata.

Per fortuna, dopo quei primi, interminabili, mesi, la situazione cambiò.

Una sera, al termine della giornata lavorativa, Michele tornando a casa trovò Rosalba a terra con la bambina in braccio, in lacrime. In un primo momento, ciò che apparve sul suo viso fu terrore, la folle idea che lei potesse averle fatto del male. Ma quando i loro occhi si incrociarono, scorse nel suo volto un dolce sorriso.

«Ho bisogno di parlarti» gli disse fra i singhiozzi. E con questa rivelazione, per la prima volta, finalmente, ammise tacitamente di aver bisogno di lui.

Quella sera Rosalba tirò fuori tutti i suoi sentimenti, quei segnali che per Michele erano evidenti ma che lei non aveva mai voluto ammettere o accettare: la tristezza e la spossatezza, la mancanza di concentrazione e di voglia di prendersi cura di Gemma.

«Devi capire che non sei da sola, ci sono io con te. Sono tuo marito, ma finora non hai fatto che allontanarmi.»

«Non è accusandomi che risolverai le cose. Non lo vedi? Sono qui davanti a te, spogliata di tutto, col cuore in mano.»

«E io sono disposto ad accoglierti di nuovo e a risollevarti, ma devi reagire, collaborare, tornare in te.»

«È quello che voglio più di ogni altra cosa.»

Gli confessò che il suo desiderio più nascosto era quello di sentirsi più vicina a lui, di averlo con sé per sempre.

Fu un momento di dialogo intenso, come non lo avevano da tempo. Le parole di Michele riuscirono a rassicurarla, a darle la voglia di lottare contro la parte più mostruosa di se stessa e di riprendere in mano la sua vita.

Era una forza che in principio partì dentro di lei, ma che necessitava di una spinta per concretizzarsi e trasformarsi in un reale cambiamento.

Lui fu proprio quella spinta che le serviva. E per un po' rividero la luce in fondo al tunnel.

Rosalba riprese il lavoro, ricominciò a prendersi cura di sé e soprattutto della sua piccola.

Ne era uscita, profondamente ferita ma non ancora sconfitta.

CAPITOLO II

Angela

Alle cinque di mattina la sveglia del cellulare iniziò a squillare, facendo sobbalzare Angela e destandola dal sogno in cui era totalmente immersa.

Solo dopo un attimo di smarrimento si rese conto che non stava realmente correndo per le scale della metropolitana, in palese ritardo di più di un'ora rispetto all'orario abituale di lavoro. E ciò solo a causa del tentativo di eliminare uno scarafaggio dall'appartamento, che oltretutto, si rendeva conto adesso, aveva le sembianze di un enorme topo con la faccia da insetto.

Archiviato l'irreale e disgustoso ricordo creato dal suo subconscio, si mise lentamente in piedi, uscendo dal morbido abbraccio delle lenzuola.

Un'altra giornata stava per iniziare.

Il letto e la cucina distavano solo pochi passi, ma era fiera di quelle quattro mura in cui viveva. Per descriverle bastava solo una parola: casa.

Come ogni mattina, Angela Bruno preparò il suo caffè amaro e ingurgitò qualche cucchiaiata di cereali integrali, il massimo che riusciva a mangiare appena sveglia.

Il bar in cui lavorava ormai da anni, il "Sweet Break", apriva alle sei in punto e le ci voleva un quarto d'ora per arrivare, considerando il tragitto a piedi e quello in metro.

La rassicurante scansione del tempo, insieme al ripetersi quotidiano degli stessi rituali, che avrebbero potuto annoiare la maggior parte della gente, per lei erano fonte di estrema serenità e pace. Aveva bisogno sempre di un orologio al polso, il cui ticchettio non doveva abbandonarla mai, neanche mentre dormiva.

Passati i quindici minuti dedicati alla colazione, si avviò verso il suo armadio. Non c'era molto da scegliere, in effetti, solo jeans di ogni sfumatura possibile e maglioncini, per lo più tendenti al nero, il colore che maggiormente si abbinava alla sua carnagione chiara e ai lunghi capelli corvini, rigorosamente stirati e perfettamente lisci.

Finita la doccia, dopo essersi vestita e aver apposto un velo leggero del suo solito rossetto rosso sulle labbra e l'eyeliner sugli occhi, era pronta per uscire, in perfetto orario come sempre.

«Buongiorno Monica» salutò, mentre apriva la serranda del bar, rivolta alla sua collega appena sopraggiunta, con i capelli scompigliati e gli occhi stropicciati.

«Non mi abituerò mai a questi orari» si lamentò lei, che aveva iniziato a lavorare lì da poche settimane ed era perennemente assonnata.

Biondina e dal viso paffuto, Monica aveva già conquistato tutti con la sua simpatia e quel tocco di goffaggine che la faceva apparire una perenne bambina, nonostante avesse trent'anni, dieci in più rispetto alla sua giovane ma maggiormente esperta collega.

«Vedrai che ci riuscirai» la incoraggiò senza convinzione Angela, per la quale questi problemi non si erano mai posti.

Iniziarono come ogni giorno a sistemare tutto, preparandosi per accogliere i clienti più mattinieri.

In una grande città come Milano, benché il locale non fosse proprio in centro, ma in una periferia meno frequentata, la gente non mancava mai.

Inoltre, la formula prevista dal proprietario, il Signor Giovanni Minetti, consentiva ai clienti di sostare anche oltre il tempo di un semplice caffè, per godere della lettura dei libri messi a disposizione nella parete in fondo alla sala, oppure dell'area wi-fi, con prese per ricaricare i telefoni o i computer portatili dei clienti.

Quel giorno era particolarmente freddo e piovoso, per cui ci si aspettava che un ragionevole numero di persone sarebbe entrato solo per trovare un po' di ristoro e di calore.

Paradossalmente, erano proprio quelle le giornate preferite di Angela, quelle nelle quali il grigio del cielo pareva rispecchiare perfettamente la rigida immobilità della sua anima.

La porta si aprì e iniziarono a entrare alcuni dei clienti abituali: i primi ad arrivare erano per lo più operai che si concedevano qualche minuto di tranquillità prima di iniziare la loro giornata lavorativa in una delle fabbriche presenti nei dintorni.

Molto affezionato era anche un gruppo di pensionati, che si stabiliva in un angolo per fare colazione e poi lamentarsi del tempo, degli acciacchi, delle mogli o persino delle amanti.

Non mancava qualche turista, ogni tanto, attirato dalla peculiare accoglienza tutta italiana del locale: la maggior parte di loro faceva solo delle brevi soste, per poi scomparire e tornare alla propria vita, chissà dove nel mondo. Angela li osservava sempre con un nodo di invidia che non riusciva a mandar via. Lei non aveva mai viaggiato per piacere, non aveva mai conosciuto altre culture, escludendo certo la variegata realtà dei clienti che si presentavano al bar.

E probabilmente non l'avrebbe mai fatto.

Ogni tanto le piaceva immergersi nella vita degli altri, immaginare la loro storia e i motivi che li avevano portati lì, anche se non era gratificante come aver vissuto tutto per davvero.

Monica si avviò subito per servire i primi ospiti, era la sua gavetta.

La mattinata procedeva senza grandi intoppi, quando il campanello alla porta che annunciava nuovi clienti suonò di nuovo e Angela, voltandosi, incrociò lo sguardo di un ragazzo che stava entrando.

Senza un motivo apparente, quello scambio di sguardi le provocò una strana reazione e il suo cuore parve perdere un battito.

Era estremamente carino, sì, ma non fu questo che la stranì. Forse le ricordava qualcuno?

Eppure non era possibile, non credeva proprio di averlo già visto prima.

Alto almeno un metro e ottantacinque, capelli castani e un ciuffo ribelle che cascava davanti al viso, aveva dei bei lineamenti, decisi ma dolci, un portamento sicuro e lo stile tra il casual e l'elegante, con un lungo trench nero che gli conferiva un aspetto distinto; senza dubbio era un ragazzo affascinante.

Per la prima volta dopo moltissimo tempo, Angela si sentì fragile, indifesa, debole. E la cosa più grave era che non capiva cosa le stesse succedendo.

Si bloccò, interrompendo quello che stava facendo per un lungo istante, attirando ovviamente l'attenzione di Monica che era proprio accanto a lei.

«Tutto bene?» le stava chiedendo, ma lei non ascoltava.

All'improvviso decise che voleva solo sparire.

«Per favore, coprimi un momento, devo urgentemente andare in bagno» si affrettò a sussurrare alla sua collega, e scomparve dalla porta sul retro senza lasciarle neanche il tempo di replicare.

Quando tornò, una decina di minuti più tardi, si accorse che, malauguratamente, lui era ancora lì. Aveva preso un cappuccino e una brioche ed era seduto in uno dei tavolini vicino al bancone, leggendo degli appunti scritti a mano.

Lo studiò un momento, cercando di capire perché uno sconosciuto le avesse suscitato una tale folle reazione.

Non era la prima volta che un bel ragazzo entrava da quella porta, ovviamente, e alcuni le avevano anche rivolto delle attenzioni, ma mai nessuno era riuscito a provocare alcunché nel suo cuore di pietra, frutto di tanti anni di studiata e fredda indifferenza.

Lui alzò gli occhi, incrociando di nuovo il suo sguardo, quasi come se se lo sentisse addosso e, questa volta, d'istinto, le sorrise.

Un sorriso mozzafiato.

Angela distolse lo sguardo di colpo, evitando accuratamente di rispondere al suo gesto.

Doveva assolutamente mostrarsi disinteressata, non poteva permettere neanche per un istante che lui compromettesse il suo mondo perfetto.

Continuò le sue attività senza guardarlo, sentendosi però drammaticamente esposta, come se avesse un mirino invisibile incessantemente puntato in testa, in attesa che il cecchino si decidesse a fare fuoco.

Dopo circa un'ora, che le sembrò interminabile, lo vide con la coda dell'occhio mentre si avvicinava al bancone, dritto verso di lei.

Cercò disperata con lo sguardo la sua collega, che però scorse dall'altro lato del locale, intenta a interloquire animatamente con due signore circa il colore del momento del suo semipermanente mani.

La stava rimproverando con la mente quando, d'improvviso, lui era già davanti a lei, pericolosamente vicino.

«Ciao, come va?» chiese con disinvoltura, sfoggiando nuovamente quel sorriso incantevole.

Angela non ricambiò il sorriso, né rispose alla sua cordiale domanda.

«Ciao, un cappuccino e un cornetto? Sono due euro e settanta» tagliò corto, spostandosi verso la cassa per fargli lo scontrino.

Lesse per un attimo una lieve delusione sul suo volto, ma si disse che era solo a causa della sua, purtroppo abbastanza evidente, mancanza di cortesia.

«Perfetto, grazie» ribatté lui facendo finta di non aver notato nulla. «Mi piace molto questo posto, sicuramente ci vedremo domani» sentenziò infine, prima di pagare e andar via.

Lorenzo Amato si era appena trasferito a Milano per approfondire i suoi studi. Figlio e nipote di due magistrati, si era sentito quasi in dovere di iniziare a intraprendere la strada segnata dai suoi predecessori, benché inizialmente non lo avesse entusiasmato in modo eccessivo l'idea di iscriversi alla facoltà di giurisprudenza e di dover affrontare un numero imprecisato di anni di durissimo studio.

Le prime lezioni seguite, comunque, lo avevano, con sua grande sorpresa, appassionato particolarmente, soprattutto con riferimento ai principi sottesi alle varie materie, che stavano alla base della disciplina concreta.

Il diritto era stato per anni il suo pane quotidiano, avendo dovuto, suo malgrado, assistere ai continui dibattiti sui vari casi via via trattati da sua madre, l'onorevole giudice Maria Romero, che il nonno non perdeva occasione di bacchettare, nonostante lei fosse ormai un magistrato affermato e lui solo un anziano pensionato.

Tuttavia, non si era mai posto delle vere domande sull'essenza più intrinseca delle discipline, motivo per il quale i primi periodi di frequenza dell'università erano stati decisamente stimolanti.

Con il passare del tempo, però, svanita la novità iniziale, si era ritrovato a continuare il percorso universitario passivamente, studiando solo perché sentiva il profondo dovere di portare a termine ciò che aveva iniziato.

Giunto in tempi perfetti alla laurea quinquennale in giurisprudenza, superata con lode, invece di essere soddisfatto e fiero di sé, si sentiva quasi esausto, svuotato di ogni energia.

Avrebbe voluto poter prendere quel famoso anno sabbatico di cui sentiva spesso parlare i suoi colleghi, ma i suoi genitori lo fecero, con modi più o meno gentili, ragionare.

Si convinse che sarebbe stato un peccato sprecare del tempo prezioso per il suo futuro, così, a ventiquattro anni, mise tutta la sua roba in una valigia e si trasferì nell'affascinante e al tempo stesso terribile metropoli milanese.

Lì, oltre ad assistere a corsi professionali di preparazione al "grande concorso" in magistratura, avrebbe svolto la pratica forense e, eventualmente, anche quella notarile, per migliorare la sua formazione e lasciare comunque aperte più strade.

Gli mancava già il sole della sua amata terra natale, la Sicilia, ma probabilmente si sarebbe abituato presto.

D'altronde era lì per darsi da fare, non certo per una vacanza.

Con la pioggia di ottobre che scrosciava alla finestra del minuscolo appartamento che aveva preso in affitto (e che pareva un'invitante esortazione a continuare a dormire), si sforzò di alzarsi dal letto.

Voleva mantenere la buona abitudine di svegliarsi presto al mattino, approfittare delle prime ore in cui la mente è ancora fresca per concedersi un ripasso di quanto appreso nelle lezioni del corso che aveva appena iniziato.

Non poté fare a meno di guardarsi intorno. Nei 30 mq del monolocale in cui viveva aveva già lasciato un disastro.

In ogni angolo giacevano gli scatoloni appena giunti per posta e colmi di vestiti invernali, scarpe, cappotti, qualche utensile da cucina. Gli abiti del giorno prima erano rimasti ai piedi del letto, in attesa che qualcuno (ma chi?) li lavasse.

Lasciò il minuscolo appartamento solo dopo aver rifatto accuratamente il letto, nella consapevole illusione di conferire alla stanza una seppur blanda parvenza di ordine.

Attraversò la strada, diretto a quel delizioso bar che stava proprio di fronte alla sua nuova casa. Avrebbe fatto colazione e passato lì un'oretta come il giorno prima, rileggendo gli appunti. Circondarsi delle chiacchiere dei clienti e delle cameriere lo faceva sentire meno solo.

Provò uno strano piacere nel rivedere la brunetta dagli occhi bellissimi intenta a pulire un po' sovrappensiero uno dei tavolini in fondo alla sala.

Decise di avvicinarsi per salutarla, correndo il rischio di essere di nuovo velatamente respinto.

«Buongiorno» esordì, mentre lei gli dava ancora le spalle.

La vide sobbalzare e capì di averla colta di sorpresa.

«Mi dispiace se ti ho spaventato» aggiunse subito.

«Nessun problema» replicò lei con lo sguardo un po' smarrito, per poi ricominciare con disinvoltura quello che stava facendo.

«Sono nuovo in città» iniziò per rompere il ghiaccio «a voi va bene se occupo un tavolino per un po' per studiare?»

«Assolutamente sì, fai pure» rispose, con il leggero accenno di un sorriso.

«Piacere, io sono Lorenzo.»

«Angela.»

Le porse la mano per presentarsi e la vide titubante per un attimo, poi ricambiò il gesto anche lei e il primo contatto tra loro gli fece provare una piccola scossa dentro.

Quella ragazza aveva qualcosa di diverso dalle altre. Non era solo il suo bellissimo viso pulito o il suo fisico snello ad averlo da subito intrigato, c'era qualcosa di più. Sembrava incredibilmente misteriosa e a tratti tenebrosa.

Lo spingeva a voler sapere tutto. La sua vita, la sua storia.

In ogni caso non era quello il momento giusto per trovare una tale distrazione, si avviò al bancone per ordinare e si accomodò a un tavolo, il suo secondo giorno di studio stava per iniziare.

CAPITOLO III

Gemma

Gli alberi e le case scorrevano veloci dal finestrino, attraversando distrattamente gli occhi di Gemma, mentre, pensierosa e mezza addormentata, si recava a scuola con l'auto di famiglia, accompagnata dalla mamma.

La sera prima avevano litigato e da allora non si erano più rivolte la parola. Il motivo, a ripensarci, era futile, ma nonostante ciò non riuscivano proprio a lasciarselo alle spalle.

Era successo tutto all'ora della merenda, quando Gemma aveva iniziato a sentire un certo languorino. I suoi biscotti preferiti, però, erano finiti il giorno prima e la nuova confezione si trovava un po' troppo in alto, su una mensola della dispensa in cucina.

Aveva provato a chiamare Rosalba da lontano, ma lei non rispondeva, così aveva iniziato a girare per casa per trovarla. Accortasi che la sua camera da letto era chiusa a chiave si era subito stranita: la mamma non l'aveva mai fatto prima.

«Mamma? Mamma, tutto bene?» aveva chiesto bussando.

«Lasciami stare, sono impegnata» le aveva risposto lei di rimando.

La curiosità, però, era troppa: doveva capire cosa stava succedendo e, per di più, si era anche un po' preoccupata che stesse male o che qualcosa non andasse.

Aveva perciò insistito, continuando a bussare e chiedendole di uscire.

Così, in realtà, aveva ottenuto solo l'ira furiosa di sua madre che, aperta la porta, era rimasta sull'uscio dicendole che non doveva permettersi di disturbarla mai più, che lei aveva anche la sua vita e che non tutto girava intorno a sua figlia.

Quelle parole, così schiette, così ingiustificate, così rabbiose, l'avevano ferita nel profondo, andando a scavare ancora di più in quel buco nero che l'avvolgeva da quando suo padre l'aveva lasciata sola con quella che avrebbe dovuto essere la sua unica ancora di salvezza e che, invece, sembrava spingerla via ogni giorno di più, alla deriva.

«Non ti sopporto più, ti odio!» aveva urlato Gemma senza riflettire, correndo nella sua cameretta e pentendosi immediatamente di ciò che aveva detto.

Aveva pianto e ripensato che avrebbe soltanto voluto mangiare degli stupidi biscotti per ingannare la fame del tardo pomeriggio e invece era finita in tutt'altro modo.

Si sentiva così sola e incompresa, nemmeno le sue storie e i suoi amici immaginari avrebbero potuto aiutarla in quel momento.

Stranamente, la mamma non era andata a vedere come stava, come faceva sempre dopo ogni litigio. Non avevano finto che non fosse successo nulla, ricominciando a parlare normalmente dei loro programmi quotidiani o di altre sciocchezze per sciogliere la tensione. Erano rimaste in silenzio per tutta la cena e anche dopo.

Messasi a letto, aveva stretto forte Toby, il suo amatissimo peluche, ed era tornata con la mente ai momenti felici della sua famiglia, le belle serate in cui i suoi genitori l'avevano portata al cinema a vedere l'ultimo cartone della Walt Disney, oppure nella loro pizzeria preferita, quella in cui erano andati al loro primo anniversario, come le ricordavano ogni volta.

Sarebbero mai più tornati dei giorni così spensierati?

Ma soprattutto, sarebbe mai tornato il suo papà?

Chiudendo gli occhi aveva ripensato all'ultima volta che l'aveva visto, circa quattro mesi prima.

Lui l'aveva portata al parco come faceva quando Gemma era piccola, quando per lei la massima forma del divertimento era salire sullo scivolo e dondolarsi sull'altalena. Forse non si rendeva conto che sua figlia stava crescendo, che le giostrine non bastavano più a renderla felice, che un ginocchio sbucciato non era più il dolore più grande che potesse provare.

Le era tornato in mente che suo padre, in quell'occasione, le aveva fatto promettere di chiamarlo se avesse avuto bisogno di lui, se sua madre avesse fatto qualcosa che la faceva soffrire o semplicemente se non si fosse comportata bene con lei.

In quel momento di così forte umiliazione per quanto avvenuto, quelle parole suonavano quasi come una premonizione.

Ma cosa avrebbe potuto dirgli? Cosa avrebbe potuto fare per fargli capire che aveva bisogno di lui a prescindere dai comportamenti di sua madre, a prescindere da tutto?

Desiderava soltanto che lui fosse spinto a tornare per il semplice amore verso sua figlia, non per una qualche forma di responsabilità.

Ma sapeva che non sarebbe successo. Se fosse tornato, sarebbe stato di nuovo infelice e, nonostante tutto, non era quello che lei si augurava per lui.

Con una lacrima che le bagnava il viso, aveva espresso il desiderio di diventare presto adulta, per poter andare dove voleva e vivere come voleva.

Avrebbe avuto un bellissimo principe al suo fianco e un cagnolino vero, una casa da sogno e un giardino. Non avrebbe avuto bisogno più di nessuno, sarebbe stata libera.

Con questa visione di un futuro immaginario era scivolata lentamente in un sonno profondo.

Quella mattina, inevitabilmente, si era svegliata con il mal di testa e il malumore e sperava che almeno la scuola l'avrebbe distratta, aguzzando la sua fantasia e indirizzandola verso qualcosa di produttivo. O, almeno, quella era l'idea.

Il sole di maggio splendeva e scaldava l'ambiente, mentre il muto viaggio continuava.

Rosalba guidava impassibile, immersa nei suoi pensieri.

Era sempre stata una persona solitaria, introversa, lasciava solo a pochi la possibilità di essere invitati a entrare nel suo mondo.

C'era stato un tempo, certo, in cui aveva avuto tanti amici e si era goduta la vita. Era il tempo della sua adolescenza, quando usciva con i compagni di classe o si riuniva con loro per studiare tutti insieme a casa di qualcuno, e si finiva a ridere e scherzare, mangiando pizzette fatte in casa e spettegolando sui professori. Un periodo di spensieratezza in cui però le mancava qualcosa, perché da sempre desiderava quell'amore che alcune donne cercano sin da ragazzine e che lei non riusciva proprio a provare per nessuno dei suoi coetanei.

Finita la scuola, si stava ancora interrogando sul percorso da intraprendere, quando incontrò il suo futuro marito.

Conoscere Michele fu travolgente, magico, le cambiò letteralmente la vita.

Già dal primo momento in cui i loro sguardi si incrociarono, mentre erano in un pub a bere con i rispettivi gruppi di amici, Rosalba decise che quello sarebbe stato l'uomo della sua vita.

Fu persino lei a fare la prima mossa, offrendogli un drink tra i sorrisi increduli delle sue amiche e le urla di acclamazione degli amici di lui, divertiti dall'intraprendenza di quella bella ragazza così sfrontata.

E da allora si erano appartenuti.

Michele, ventottenne, lavorava già da anni ed era appena uscito da una storia importante, nella quale aveva scoperto di essere stato tradito da una donna rivelatasi senz'anima.

Rosalba era stata la sua ventata d'aria fresca, l'aloe vera sulle sue ferite.

Una giovane passione che lo fece tornare indietro nel tempo, come se la differenza d'età tra loro non fosse mai esistita.

La tragica morte dei genitori di lei, avvenuta dopo pochi mesi di relazione, diede una potente scossa alla vita di entrambi.

Non passò molto tempo che lui si fece trovare sotto casa sua con un anello di fidanzamento.

«Sposami, amore mio, sposami… e ti prometto che da questo momento in poi non sarai sola mai più.»

Il fatto che poi non fosse andata come promesso, non rendeva meno forti e sincere le sue intenzioni.

In ogni caso, ormai Rosalba aveva superato il dolore della separazione. Aveva persino trovato un nuovo amore.

Franco Morabito era il suo datore di lavoro e l'aveva corteggiata spudoratamente per mesi.

Aveva iniziato solo con lievi apprezzamenti sul suo aspetto fisico, che a lei avevano fatto ovviamente piacere.

Era abituata alle battutine degli uomini, come a essere desiderata, e la cosa non le aveva mai creato problemi, anzi, la lusingava molto.

Dopo poco aveva iniziato a chiederle di uscire con lui qualche volta. Rosalba temporeggiava, ridendo in modo vagamente civettuolo e lasciandolo intendere che prima o poi avrebbe accettato.

Con il passare del tempo, lui aveva iniziato a trovare ogni occasione buona per toccarla. Prima le aveva accarezzato la mano, cogliendola di sorpresa mentre lei gli passava delle carte, poi le si era avvicinato mettendole una mano sul fianco, indugiando giusto il tempo di creare in lei un certo imbarazzo, per poi ritrarsi con uno sguardo languido. Infine, un giorno, le aveva sussurrato all'orecchio, vincendo ogni remora:

«Sapessi quanto ti vorrei...»

Quell'intima confessione l'aveva fatta arrossire, impedendole di trovare una risposta.

In principio, Rosalba non riusciva a capire se quell'uomo le piacesse davvero. O meglio, probabilmente non le piaceva.

Era tutto l'opposto rispetto al suo ex marito. Non molto alto, leggermente stempiato e con un po' di pancia, agiva però esattamente come se fosse l'uomo più attraente del mondo.

Evidentemente ci sapeva davvero fare.

Fatto sta che, una sera, rimasti soli in ufficio per delle scadenze urgenti, lui l'aveva messa con le spalle al muro e si era avvicinato, cercando senza troppi preamboli di darle un bacio sulle labbra.

Rosalba non baciava nessuno da due anni e fino a quel momento non si era neppure resa conto di quanto ciò le fosse mancato.

Rispose al suo gesto con una passione che non ricordava di avere, meravigliandosi di se stessa.

Finirono sul divanetto, spogliandosi a vicenda.

Mentre lui la penetrava, Rosalba provò un'ondata di piacere che si diffuse in tutto il corpo. Scoprì di avere disperatamente bisogno di quel contatto.

Nonostante la sua scarsa prestanza fisica, Franco si muoveva abilmente sopra di lei, sempre più in profondità, baciandole il viso e il collo e facendole sentire tutto il suo desiderio.

Fu estremamente piacevole. Rosalba si sorprese a volerne ancora.

Da quel giorno, Franco le cambiò le mansioni lavorative, facendo in modo che lei restasse il più possibile in ufficio, in sua presenza.

Invece di girare per la città per presentare i prodotti, Rosalba iniziò a occuparsi di archiviare gli ordini d'acquisto, gestire i preventivi, fotocopiare fatture e documenti e altre incombenze simili. Si ritrovarono, così, a passare molto tempo insieme, flirtando l'uno con l'altra come due scolaretti alla prima infatuazione.

Era felice di quel nuovo stato delle cose, si sentiva tra le nuvole.

Il giorno prima, per l'appunto, era chiusa in camera, totalmente immersa in una suadente e intensa conversazione telefonica con Franco, quando l'insistente bussare di sua figlia l'aveva destata bruscamente dal sogno a occhi aperti.

D'improvviso, si era vergognata di se stessa e di quella relazione.

Cosa avrebbe pensato Gemma se l'avesse saputo?

Avrebbe accettato quell'uomo o ne sarebbe rimasta profondamente ferita?

Era una bambina molto, forse troppo sensibile… e il distacco da suo padre non era stato affatto facile per lei, probabilmente risentiva ancora adesso del fallimento del matrimonio dei suoi genitori e della mancanza di una figura maschile.

Magari era giusto così, Franco avrebbe potuto colmare quel vuoto.

Guardò sua figlia, seduta in macchina accanto a lei con lo sguardo imbronciato.

Le dispiaceva per come si era rivolta a lei la sera prima, ma era stata colta di sorpresa e non era riuscita a controllare le sue emozioni, come purtroppo le capitava spesso.

Di una cosa sola era certa: Franco poteva avere molti difetti, quella relazione poteva essere sbagliata sotto innumerevoli punti di vista, ma l'aveva fatta sentire viva dopo tanto, tantissimo tempo. E non avrebbe mai rinunciato a quella sensazione, a qualunque costo.

CAPITOLO IV

Angela

«Ma chi è quel ragazzo così carino che continua a fissarti, lo conosci?» chiese Monica sussurrando all'orecchio di Angela mentre lei era intenta a lavare un'infinità di tazzine sporche.

Angela si sentì avvampare. Come aveva fatto a notarlo così in fretta?

Decise di chiudere subito l'argomento, per non incoraggiarla.

La situazione era già surreale così, mancava solo che ci si mettesse anche lei.

«Non ne ho idea, non lo conosco, lascia perdere.»

«Allora, se non ti interessa, magari potrei provarci io con lui» la provocò maliziosamente la sua collega.

Angela la guardò con aria interrogativa, chiedendosi se dicesse sul serio.

«Beh, questo non mi sembra lo sguardo di una che non è interessata» disse Monica con gli occhi che le brillavano per l'eccitazione della scoperta.

L'aveva fregata. Ne sapeva una più del diavolo.

Lorenzo (aveva detto di chiamarsi così), dopo essersi presentato in modo disinvolto, si trovava lì da più di un'ora, e Angela aveva notato che interrompeva spesso la sua lettura per rivolgerle qualche occhiata di soppiatto.

Purtroppo, suo malgrado, si ritrovò a guardarlo di rimando anche lei più di una volta.

Tuttavia, perlomeno, il tremendo e inspiegabile imbarazzo che l'aveva colta così di sorpresa il giorno precedente, la prima volta che l'aveva visto, stava pian piano svanendo.

Doveva ammettere che per la maggior parte il merito era stato suo; quella decisione di parlarle e di rompere il ghiaccio le aveva consentito di sciogliere quasi tutta la tensione.

In fondo, si rese conto, era un ragazzo come qualsiasi altro che passava da lì, non c'era alcun motivo di sublimarlo alla stregua di un dio greco sceso in terra.

Si sentiva davvero stupida ricordando il giorno prima e promise a se stessa che non sarebbe mai più caduta così in basso.

Era come al solito super indaffarata. Al bar non ci si fermava un attimo e la frenesia del lavoro su di lei aveva l'effetto contrario: la tranquillizzava e le calmava la mente, incanalando tutte le energie e i pensieri per dare il massimo ogni giorno.

Non sapeva come ci si sentisse, invece, a passare la vita studiando.

Il massimo che lei avesse letto di recente era costituito dalle prime pagine dei quotidiani locali, e non aveva tratto tra l'altro il benché minimo godimento dalla lettura.

La affascinava molto, però, la cultura. E questo ben prima che quel bel ragazzo si facesse vedere assorto nel suo blocco pieno di appunti, tra un sorso di caffè e il morso a un dolcetto, con un codice da una parte e un grosso manuale dall'altra, sottolineando e scrivendo annotazioni.

La vita le aveva impedito di proseguire gli studi e in passato si era chiesta spesso come sarebbe stata l'università, se lei sarebbe stata all'altezza o se al contrario avrebbe mollato subito.

In ogni caso, non l'avrebbe mai saputo. Aveva iniziato giovanissima a lavorare ed era grata anche solo di averlo trovato, un lavoro.

La sua perfetta routine quotidiana era tutto ciò che aveva. E le bastava.

Stava bene da sola con se stessa, meglio che con chiunque altro al mondo. Non le serviva nulla che non potesse creare da sé, con le sue forze e la sua volontà.

La sua paura più grande era proprio che qualcuno o qualcosa riuscisse a portarle via le sue certezze e la sua stabilità, così faticosamente costruite nel tempo.

Non l'avrebbe permesso.

Per questo quel ragazzo, e ciò che lui provocava in lei, era così pericoloso. Minacciava di rompere per sempre il suo guscio perfetto, e Angela non era pronta per questo, non lo sarebbe mai stata.

Avrebbe voluto che quella sensazione sparisse, che lui non le facesse più alcun effetto, ma purtroppo non era come togliere una macchia di caffè sul marmo, che va via con un leggero colpo di spugna. Lui era lì, era reale, fatto di carne e sangue.

E non era facile scrostarlo via, soprattutto se poi alzava gli occhi e le sorrideva come se la conoscesse da sempre, come se non ci fosse nessun altro intorno a loro.

"Possibile che anche lui provi le stesse cose? No, assolutamente no", pensò tra sé, scacciando quell'idea che rischiava di esploderle dentro come una bomba.

Sicuramente era solo gentile e disinvolto perché la vita per lui non era stata difficile, perché era un figlio di papà abituato alle donne che cadevano ai suoi piedi… e magari faceva così con tutte.

Forse avrebbe davvero dovuto dire a Monica di provarci, se le piaceva. A lei non importava nulla. Anzi, sarebbe stato anche meglio. Così almeno lui avrebbe concentrato le attenzioni sulla sua spigliatissima collega, invece che su di lei.

Si rese conto all'improvviso che non aveva fatto altro che pensare a lui per tutta la mattinata. Cosa diavolo le stava succedendo? Non se ne capacitava.

Lo vide finalmente destarsi dai suoi libri e raccogliere le sue cose e pensò che avrebbe avuto un po' di tregua, non appena se ne fosse andato.

Lorenzo si diresse verso la cassa e Angela lo guardò con la coda dell'occhio mentre pagava e scambiava qualche parola (che lei non riuscì a sentire) con Monica, seguita dalla risata di entrambi.

Alla fine, sull'uscio, si girò verso di lei e la salutò con la mano da lontano.

Sperò che Monica non avesse detto nulla di stupido o di avventato su di lei, ma era terrorizzata a chiedere.

Mentre Lorenzo si chiudeva la porta alle spalle, entrò un gruppo di turisti infreddoliti e Angela tirò un sospiro di sollievo, nonostante non riuscisse a scacciare una piccola punta di delusione, che comunque non avrebbe mai ammesso neanche a se stessa.

Martedì 10 ottobre 2017. L'inadempimento delle obbligazioni.

La lezione di diritto privato era iniziata da un pezzo, ma Lorenzo, rivolgendo lo sguardo al suo block-notes comprato per l'occasione, si era appena reso conto di aver scritto, fino a quel momento, solo la data in cima alla pagina e l'argomento del giorno.

Era troppo distratto. E non era da lui.

La cameriera biondina del "Sweet Break", quella mattina, l'aveva molto sorpreso con le sue parole.

«Ciao bel ragazzo, io sono Monica, tutto bene?»

«Sì, grazie mille» le aveva sorriso divertito, prima che lei aggiungesse:

«Ascolta, tu devi farmi un favore. Devi invitare quella timidona della mia collega a uscire. Probabilmente farà molte resistenze all'inizio, è fatta così. Ma non ti arrendere. Fidati di me, le piaci e anche tanto!»

Entrambi si erano messi a ridere, ma nel suo caso era stato più per l'imbarazzo che per altro.

Quelle due ragazze erano probabilmente l'una l'opposto dell'altra.

Eppure, con la sua sfacciataggine, Monica aveva colto nel segno. L'aveva incuriosito ancora di più e invogliato a fare la prima mossa.

Il problema stava solo nell'entità di quelle *resistenze*.

Aveva già capito anche lui al primo sguardo che non sarebbe stato facile conoscere Angela, sembrava troppo chiusa in se stessa e non interessata ad aprire la porta al resto del mondo.

Eppure, le occhiate che ogni tanto aveva rivolto verso di lui in quei due giorni un po' l'avevano tradita.

Sicuramente c'era un motivo se la sua amica aveva interceduto per lei, l'aveva fatto con ogni buona intenzione.

Tanto meglio, abbattere piano piano tutte le sue difese sarebbe stata una sfida. E le sfide gli piacevano.

Si guardò intorno nella piccola aula di studio.

I ragazzi del corso sembravano tutti poco interessanti, con il naso all'ingiù sui quaderni e la gobba di chi ha passato davvero troppo tempo seduto a una scrivania.

Non c'era neanche una ragazza vagamente carina.

Niente a che vedere con l'oscuro fascino di Angela, comunque.

E in più, Lorenzo si sentiva così solo in quella grande città sconosciuta. Avrebbe tanto voluto un pensiero bello che lo facesse alzare al mattino, o qualcosa da immaginare la sera, qualcuno accanto per cui andare avanti e con cui affrontare tutti quei sacrifici.

Non poté impedire a se stesso di ricordare Sara, la sua ex ragazza. Erano stati insieme per così tanto, avevano condiviso tutto.

L'aveva conosciuta il primo giorno del liceo, splendente nel suo vestitino rosa. E anche in quel caso, sin dal primo istante, aveva capito che l'avrebbe voluta al suo fianco.

Allora pensava che sarebbe stato per sempre, nonostante la giovane età. Sara era speciale. Intelligente, sveglia, vivace, aveva tutto ciò che un uomo può desiderare in una donna. E ovviamente era bella, con i corti capelli mori, gli occhi grandi dello stesso colore e il nasino alla francese.

Per molto tempo, le cose tra loro erano andate alla perfezione. A scuola li conoscevano tutti: "il gigante e la bambina", li chiamavano, data la differenza di altezza di quasi trenta centimetri tra i due, che però non stonava nell'aspetto della coppia. Erano davvero belli insieme.

L'ultimo anno avevano persino vinto il titolo di "Mr. e Mrs." del liceo, una stupida gara per eleggere il più bello e la più bella della scuola.

Non si erano allontanati neanche durante il periodo dell'università, benché avessero preso strade diverse: lui giurisprudenza, lei ingegneria ambientale in un'altra città.

La distanza aveva minato pochissimo il loro rapporto, anche perché passavano insieme quasi ogni fine settimana, alternando le visite l'uno all'altra.

Con lei aveva anche vissuto la sua prima volta, scoprendo cosa volesse dire fondersi completamente con un'altra persona, farla propria e raggiungere quel legame inscindibile di corpi e di anime.

L'aveva guidata con tutta la delicatezza e dolcezza di cui era capace nella scoperta del proprio corpo e della propria sessualità, poiché anche lei era vergine, ed era stata un'esperienza incredibile per entrambi.

Qualcosa che non si può dimenticare facilmente.

Eppure alla fine lei l'aveva lasciato. Da un giorno all'altro, su due piedi, senza pensarci due volte, senza chiedere il suo parere.

Gli aveva spezzato il cuore e, dopo mesi, ancora bruciava forte in lui quel senso di sconfitta e privazione che non aveva potuto evitare.

Era partita per un importante stage all'estero che le avrebbe consentito di fare carriera nell'ambito per cui aveva studiato, e non la biasimava per questo, aveva scelto di seguire ciò che più amava.

Ma anche lui era qualcuno che diceva di amare. Avrebbe meritato di più che essere posto dinnanzi alla decisione presa.

Se solo lei glielo avesse permesso, le avrebbe persino promesso di aspettarla. Avrebbe fatto di tutto affinché la loro relazione continuasse, si sarebbe impegnato per lei.

Ma Sara l'aveva privato di questa possibilità, aveva deciso per entrambi che sarebbe stato meglio lasciarsi e proseguire ognuno per la propria strada.

Non le doveva più niente, ormai. Era sbagliato persino ripensare a lei dopo il modo in cui era finita, con lui in lacrime a chiederle di rifletterci e di dare alla loro storia una chance e lei che, con lo sguardo impassibile, gli diceva che doveva andare così.

Tornò a concentrarsi su quanto spiegato dal professore. Non sarebbe stato corretto, né verso se stesso né verso i suoi genitori, sprecare tempo e denaro senza darsi da fare.

Dopo ore che parvero eterne, le lezioni di quel giorno finirono.

Fuori era già buio e faceva, come sempre, freschetto.

Lorenzo salutò i compagni di corso, si strinse nel suo trench e si avvolse la sciarpa al collo, diretto verso il suo triste e confusionario appartamento, pensando già a cosa avrebbe potuto mangiare per cena.

Giunto sotto casa, d'istinto volse uno sguardo al piccolo bar di fronte e, come se il destino si fosse prepotentemente messo in mezzo, scorse Angela che usciva proprio in quel momento, con la borsa a tracolla e un cappottino di pelle.

Non ci pensò un attimo: attraversò di corsa e le si avvicinò.

CAPITOLO V

Gemma

Un volto roseo ed emozionato ricambiava il sorriso riflesso sullo specchio della cameretta di Gemma, mentre la piccola si specchiava, preparandosi a un momento che attendeva da mesi.

Aveva fatto la doccia e pettinato a fatica i riccioli biondi, poi aveva scelto il suo vestito più bello per indossarlo.

Tirando la lampo laterale del tessuto blu a pois bianchi si accorse che iniziava a starle un po' piccolo e se ne dispiacque.

Benché volesse disperatamente crescere, non era ancora pronta a rinunciare alle cose della sua infanzia cui era più legata.

Ma quello non era il giorno adatto per avere pensieri negativi, quello era il giorno in cui suo padre sarebbe finalmente venuto a trovarla. E lei non stava più nella pelle per l'emozione.

La rigida severità di sua madre aveva iniziato a stremarla e sentiva proprio il profondo bisogno di questa bella e inattesa sensazione di gioia. Avrebbe passato una giornata spensierata e avrebbe ricevuto tutto l'amore paterno che le era mancato in quel periodo.

Decise che si sarebbe goduta ogni istante e non avrebbe permesso a niente di rovinare quella giornata.

Fece un ultimo sforzo, trattenendo il respiro, e riuscì a chiudere la cerniera. Ora era quasi perfetta.

Mancava solo una bella treccia nei capelli, così sarebbe stata più in ordine. Era sicura che a papà sarebbe piaciuta molto.

Uscì dalla cameretta in cerca di sua madre; lei era bravissima a intrecciarle i capelli, quando Gemma era più piccola lo faceva sempre e venivano fuori dei risultati incredibili.

Magari nel frattempo le avrebbe chiesto qualche consiglio per affrontare al meglio quell'incontro con suo padre dopo così tanto.

Le voleva raccontare quant'era felice di rivederlo, ma forse sarebbe stata dura per lei, visto che i loro rapporti ormai si limitavano soltanto a pianificare le visite tra lui e Gemma.

Avrebbe fatto meglio a non dirle nulla, non voleva che si rabbuiasse pensando a lui.

Era sabato pomeriggio, dunque sicuramente l'avrebbe trovata davanti alla tv a vedere le sue solite telenovele.

Eppure non era sul divano e la televisione era spenta.

La porta della sua stanza era socchiusa, si avvicinò piano piano e la sentì. Parlava al telefono sottovoce.

«Ti va se ci vediamo più tardi? Mia figlia sarà tutto il giorno con suo padre e potremmo approfittarne. Puoi venire anche da me, se vuoi…»

Con chi stava parlando? Sembrava un po' strana. Di solito quando organizzava degli incontri con le sue amiche non era così circospetta.

«Ma perché no? Cosa devi fare? Va bene, non insisto… sarà per un'altra volta.»

Rosalba stava per riattaccare quando aggiunse:

«Ok, per stavolta ti perdono. *Ti amo.*»

Quelle parole furono per Gemma come uno schiaffo in faccia.

Sua madre stava con qualcuno? *Amava* qualcuno?

Non se lo sarebbe mai aspettato.

Si rese conto solo in quel momento, come se le si fosse accesa una lampadina in testa, che ultimamente si comportava in modo diverso. Era sempre sulle nuvole, sovrappensiero più del solito… ogni tanto l'aveva sentita canticchiare, cosa che accadeva davvero raramente in passato, dato che era sempre nervosa e stanca.

All'improvviso apparve chiaro perché si chiudeva in camera e la teneva a distanza. Acquistò significato quell'episodio di qualche giorno prima, quando l'aveva sgridata per averla disturbata.

La stava escludendo completamente dalla sua vita.

Quasi come aveva fatto suo padre, solo che lei lo faceva vivendole accanto.

Si sentì tradita una seconda volta, abbandonata anche da lei.

Sua madre non era mai stata perfetta, lo sapeva. Ma per lo meno prima non le aveva mai mentito, non nascondeva le cose, non faceva entrare qualcuno nella sua vita senza dire niente a colei che avrebbe dovuto essere la persona più importante, la sua priorità.

Le vennero le lacrime agli occhi, ma non voleva consentirle di farla soffrire così, non proprio quel giorno.

Girò i tacchi e fece il possibile per rimuovere dalla mente ciò che aveva appena udito.

«Ciao, bambina mia!» la salutò suo padre poco tempo dopo, uscendo dalla hall di un hotel situato vicino alla via Marina di Reggio Calabria, mentre Rosalba accostava la macchina per lasciare Gemma.

La piccola scese e gli corse incontro.

Il loro abbraccio fu interminabile, colmo di tutto ciò che non riuscivano a dirsi.

Lui le accarezzò la testa dicendole che era cresciuta tanto e che gli era mancata. Lei trattenne a stento le lacrime.

«Mi sei mancato anche tu» riuscì a dire alla fine, con gli occhi rossi.

«Ci vediamo stasera» li interruppe Rosalba senza rivelare alcuna emozione «chiamami quando vuoi che venga a prenderla.»

E andò via, lasciandoli soli.

«Cosa vuoi fare? Ti porto al parco?»

«No, papà, sono grande per le giostrine.»

«Allora facciamo una passeggiata sul lungomare, che mi è mancato tanto. E poi andiamo a passeggio sul corso Garibaldi e ti compro un regalo per il tuo compleanno che è stato poco tempo fa. Ti va di cenare al Mc Donald's?»

Gemma sorrise, perlomeno ci stava provando.

«Va bene.»

La prese per mano e iniziarono a camminare come due adulti, parlando del più e del meno.

Le piaceva quel nuovo modo in cui lui aveva iniziato a rapportarsi a lei, la faceva sentire più grande.

Ed era orgogliosa di essere vista in giro con lui, suo padre era come un supereroe.

Anche se ormai andava sui quaranta, era ancora un uomo bellissimo: biondo, muscoloso, con la barba fulva che gli incorniciava il viso e un accento straniero che iniziava a emergere, probabilmente senza che lui se ne rendesse conto.

Le chiese della scuola, dei suoi amici e persino se avesse un fidanzatino.

Cercava di recuperare il tempo perso senza di lei, visto che nelle poche telefonate che le faceva nei periodi in cui era fuori dall'Italia non parlavano molto, si limitava a sapere come stesse e se andasse tutto bene in casa.

Nonostante tutto non riusciva ad avercela con lui, gli voleva troppo bene e viveva di quei momenti.

Dopo essere stati per ore in un negozio di giocattoli e aver scelto e poi riposto almeno dieci tipi diversi di Barbie, Gemma decise che avrebbe preferito un altro regalo.

«Perché non mi compri un vestito da indossare al nostro prossimo incontro?»

Se voleva essere grande, doveva iniziare a comportarsi da grande.

Lui parve approvare l'idea, così entrarono in un negozio elegante e scelsero un abitino bianco con la gonna ampia; la commessa consigliò di completarlo aggiungendo un nastro di seta in vita che aveva un grande fiocco azzurro al centro.

«Questo è perfetto, il fiocco rispecchia il colore dei tuoi occhi» le disse Michele guardandola con sguardo adorante.

Gemma era emozionata, si sentiva una piccola sposina.

«Ma papà, questo è estivo...» si rese conto poi, provando un improvviso senso di vuoto. «Sei sicuro che ci rivedremo prima che l'estate finisca?»

«Certo che sì, te lo prometto.»

Verso le sette di sera, arrivarono al Mc Donald's e presero un tavolino.

C'era una festa di compleanno ed era pieno di bambini che urlavano e si divertivano, con il clown che faceva animazione.

Invidiò per un attimo il festeggiato: lei non aveva mai avuto una festa del genere.

«Tesoro, tirati indietro i capelli, non ti danno fastidio mentre mangi?» chiese suo padre poco prima che lei desse il primo morso al suo *Happy Meal*.

Gemma annuì d'istinto.

«Avrei voluto farmi fare una treccia, ma…» le parole le morirono in gola. Non sapeva perché l'aveva detto.

Poi si prese di coraggio e si confidò.

«Papà, credo che la mamma stia con qualcuno.»

Lo sguardo di Michele non tradì la minima sorpresa.

Possibile che non gli importasse davvero più nulla della donna che aveva sposato?

«Piccola, è normale andare avanti con la propria vita a un certo punto. Non devi stupirti.»

«Mi dispiace più che altro che non me l'abbia detto.»

«Beh… ora che ne stai parlando, anche io voglio confessarti una cosa.»

Gemma si sentì rabbrividire.

«Ho conosciuto una donna meravigliosa. Viviamo insieme da poco, a Miami.»

«Ah… sono felice per voi» si sforzò di dire con tutte le sue forze.

Il suo mondo stava crollando sempre di più in un baratro infinito.

«Sai, lei ti piacerebbe molto, è solare e molto premurosa. Ha anche una bambina poco più piccola di te.»

«Una bambina?»

«Sì, sua figlia.»

«Quindi tu vivi con un'altra bambina?»

Non ci poteva credere.

«Amore, io vivo con lei. Sua figlia è solo una cosa in più nella nostra vita, ma non sostituirà mai te che sei la mia piccola.»

«Tu non hai mai tempo per me, ci vediamo solo due volte l'anno e adesso mi dici che stai crescendo la figlia di un'altra donna?» urlò, senza più trattenere i singhiozzi.

La gente intorno si voltò verso di loro, ma a lei non importava.

Lui rispose mantenendo la solita calma che lo contraddistingueva.

«Non è così, non l'avevo programmato, ci siamo innamorati.»

«Chiama mia mamma, voglio andare a casa e non voglio più vederti!» affermò Gemma di getto, incurante del dispiacere e della rassegnazione che quelle parole provocarono sul viso di suo padre.

CAPITOLO VI

Angela

«Angela!» si sentì chiamare da una voce maschile mentre usciva, stanca ed esausta, dal bar dove aveva appena fatto un doppio turno di lavoro per sostituire la collega del pomeriggio.

«Che combinazione, stavo rientrando nel mio appartamento e ti ho vista» aggiunse Lorenzo avvicinandosi con un sorriso a trentadue denti.

Quel ragazzo sembrava davvero dolce e affabile nei modi di fare, ma avrebbe potuto essere anche solo una facciata, una tattica per conquistare la fiducia degli altri.

In ogni caso, anche se le dispiaceva un po' l'idea di respingerlo, allo stesso tempo non voleva assolutamente incoraggiarlo.

«Ciao… scusami, devo scappare a prendere la metro per rientrare a casa» rispose nel modo più gentile che riusciva a trovare.

«Ti accompagno, allora, non è bello che una ragazza vada in giro da sola di sera, con i tempi che corrono.»

"Sono stata da sola tutta la vita" pensò Angela, "non ho certo bisogno di essere salvata adesso".

Ma non svelò, ovviamente, i suoi pensieri.

«Non ce n'è bisogno, davvero» replicò.

«Tranquilla, mi fa piacere. Al mio appartamento vuoto non mancherò se ritardo ancora un altro po'.»

Quella rivelazione la fece sorridere, nonostante cercasse di evitarlo. Anche il suo appartamento era vuoto, ma era certa che in qualche modo, invece, la stesse aspettando.

Cercò un motivo valido per opporsi, ma non lo trovò, così si arrese e iniziò a camminare, con lui al suo fianco.

Era una strana sensazione passeggiare così, insieme, due sconosciuti attratti da chissà quale oscura forza invisibile.

«E quindi… tu sei di qui?» iniziò lui.

«No, mi sono trasferita a Milano da circa quattro anni.»

«Ah, bene… sei del sud anche tu? E vivi da sola?»

«Già …ma non mi dispiace.»

«Io non mi sono ancora del tutto abituato. Nonostante la veneranda età di ventiquattro anni ho sempre vissuto con i miei genitori, giù in Sicilia.»

Com'era facile per lui rivelare dettagli del suo passato. Lei sperò solo che non le chiedesse nulla del suo, per non dover essere scortese.

Era proprio come aveva immaginato, comunque, cresciuto nella bambagia con genitori perfetti. Logico che non si fosse abituato.

Non avevano proprio nulla in comune, considerò amaramente.

«Capisco…» disse soltanto.

Sapeva che stava rendendo quella conversazione molto imbarazzante, rispondendo alle sue domande a monosillabi, ma non poté fare nulla per evitarlo.

«Forse dovrei prendere un cucciolo, per avere un po' di compagnia» rifletté Lorenzo a voce alta.

Al suono di quelle parole gli occhi di Angela si illuminarono per un impercettibile istante. E lui lo notò.

In meno di due minuti quel ragazzo aveva trovato uno dei suoi pochissimi punti deboli. Incredibile.

«Mi aiuti a sceglierne uno?» la tentò, cogliendo la palla al balzo.

«Non hai bisogno di me, sarà il tuo cucciolo, devi decidere seguendo solo il tuo istinto.»

«Magari invece è proprio di te che ho bisogno.»

Lo disse con un tono di voce diverso, guardandola negli occhi.

E per un attimo il mondo si fermò.

Stava ancora parlando del cane o intendeva altro?

Le girò la testa, aveva la capacità di mandarla in totale confusione.

E non era una cosa che accadeva spesso, almeno non prima che lui entrasse in quel bar (e, a quanto pare, anche nei suoi pensieri).

«Conosci un negozio di animali qui vicino?» disse dopo un po' Lorenzo, per rompere il silenzio e proseguire la conversazione.

«Non è meglio prenderlo in un canile? Ci sono così tanti animali bisognosi e in cerca di casa che nessuno vuole…» rispose Angela. L'argomento le stava a cuore.

«Hai ragione, non ci avevo pensato» ammise lui. «Hai un animo gentile, brava.»

Lei abbassò lo sguardo, non era certo in cerca di complimenti. E se pensava così che sarebbe riuscito a farla sciogliere un po', si sbagliava.

«Allora domani ti va di accompagnarmi a un canile? Per favore!» supplicò scherzosamente lui, giungendo le mani a mo' di preghiera.

«Ho molto da fare al lavoro, non posso proprio» cercò di svincolarsi lei.

«Aspetterò che tu finisca. Non puoi dirmi di no o penserò che in questa città nessuno fa qualcosa per gli altri» la punzecchiò.

Angela era sgomenta, cinque minuti ed era riuscito persino a strapparle una sorta di appuntamento.

"Mi fingerò malata, è l'unico modo" pensò tra sé, disperata e divertita allo stesso tempo dall'assurdità della situazione.

Proseguirono per un po' in silenzio, con lo sfondo delle luci e del via vai di Milano a fare da contorno a quella che a occhi esterni poteva sembrare una banale passeggiata tra due amici.

«Sono arrivata, ecco le scale per scendere in metropolitana» disse finalmente Angela, indicando la grande "M" luminosa che apparve davanti a loro appena svoltato l'angolo.

«Peccato, speravo fosse più lontana...» si lasciò sfuggire lui.

Angela lo guardò.

Non riusciva a capire se facesse sul serio. Era davvero interessato a lei? Cosa ci trovava in una cameriera scontrosa di cui non sapeva assolutamente nulla?

«A domani, Angela dagli occhi blu» la salutò dolcemente.

Poi si piegò verso di lei, sembrava stesse per baciarla.

Angela si scansò di scatto.

«Tranquilla, volevo solo darti due baci sulle guance. Dalle mie parti è così che ci si saluta tra amici. Guarda...»

Si avvicinò di nuovo e i loro visi si toccarono, prima a sinistra, poi a destra.

Sentì il suo profumo e il calore delle sue gote e un brivido le corse lungo tutto il corpo. Si disse che era solo a causa dell'aria pungente della sera, ma si arrabbiò comunque con se stessa per averglielo lasciato fare.

Poi corse via per prendere il treno.

Dieci minuti, ed era totalmente cotta di lui.

Seduta in metro, le ci volle un po' prima che il battito cardiaco rallentasse e riprendesse il suo normale ritmo.

Una volta a casa, Lorenzo cercò su google un canile a Milano.

Era felice come un ragazzino per la sua breve passeggiata con Angela, era riuscito persino a strapparle due bacetti.

Sentiva che anche lei provava qualcosa, benché cercasse di non darlo a vedere.

Mentre scorreva sul pc e calcolava le distanze per trovare il posto più vicino e il modo migliore per raggiungerlo, pensò che forse la decisione di prendere un cane era stata un po' troppo azzardata.

Avrebbe dovuto lasciarlo solo per gran parte della giornata, e in più la sua vita lì era ancora un disastro, non sarebbe stato facile avere anche un amico a quattro zampe da accudire.

Ma quando aveva colto la luce negli occhi di Angela non era riuscito a tirarsi indietro.

Oltretutto, sin dalla nascita aveva sempre vissuto con la costante compagnia di un cane. I suoi genitori erano molto amanti degli animali e gli avevano trasmesso questa passione.

Quanto gli mancavano Nebbia e Oscar, i due stupendi husky siberiani che scorrazzavano nel giardino della loro casa a Messina!

Sperando di aver preso una giusta decisione (e con il segreto timore di stare per commettere una stupidaggine), salvò sul suo iPhone il numero di un canile reperito su internet e provò a telefonare, con l'intento di fissare un appuntamento per il giorno successivo all'ora in cui aveva visto uscire Angela dal bar.

Non rispose nessuno, avrebbe riprovato domani.

Ormai era deciso.

Cenò con due toast al formaggio e guardò un po' di tv, pensando solamente all'avventura che lo attendeva il giorno successivo. Quando andò a dormire, l'entusiasmo non l'aveva ancora abbandonato.

La mattina dopo, alla solita ora, prima di scendere al bar con gli appunti del giorno prima, contattò nuovamente il canile e questa volta riuscì a prenotare una visita per quel pomeriggio. Tremava un po' all'idea della reazione di Angela quando le avrebbe comunicato la notizia. Come avrebbe fatto a convincerla se si fosse tirata indietro?

Si rese conto che l'eccitazione era anche dovuta alla possibilità di passare un po' più di tempo con lei, al di fuori del bar.

Quando entrò, però, svanì tutto in un istante.

Angela non c'era.

Vide Monica super indaffarata, che si districava correndo qua e là tra i clienti seduti ai tavoli e quelli al bancone. Aveva il viso un po' arrossato e sembrava fosse nel panico.

Lorenzo si avvicinò al bancone per parlarle.

Quando lei finalmente gli rivolse uno sguardo veloce, ordinò la colazione e aggiunse, cercando di non mostrare tutto il suo interesse:

«Scusa se lo chiedo, ma Angela oggi non è venuta?»

«Ha detto di non stare molto bene e mi ha lasciata da sola, abbiamo carenza di personale in questo periodo e non so se riuscirò a superare la mattinata!» rispose lei tutto d'un fiato.

«Ah... mi dispiace» disse lui, senza preoccuparsi troppo di celare la sua delusione.

Monica dovette captare qualcosa, perché gli chiese subito dopo:

«Ma dimmi un po'... c'entri per caso tu con questa storia? Il Signor Minetti, il proprietario, stamattina mi ha riferito che in quattro anni Angela non aveva mai preso un giorno di malattia! Poi arrivi tu e...» si interruppe, corrugando la fronte e socchiudendo gli occhi, quasi a ponderare la possibilità che le due cose fossero davvero collegate.

«In effetti oggi dovevamo vederci, ma non credo sia come dici...» rifletté lui.

Sarebbe stato troppo improbabile, oltre che devastante per lui, che si fosse data malata pur di non vederlo.

«Lo scopriremo» chiuse il discorso lei, pensierosa, prima di ricominciare a barcamenarsi tra le ordinazioni.

Lorenzo era davvero amareggiato, aveva tanto atteso quel momento e si era rivelato un flop.

Richiamò subito per rimandare l'appuntamento che aveva preso poco prima. Senza di lei non sarebbe stata la stessa cosa.

Il resto della giornata trascorse normalmente, nonostante Lorenzo si fosse realmente rattristato nel non vederla. Ogni tanto, volente o nolente, il pensiero volgeva verso di lei e il dubbio per quanto detto da Monica lo assaliva.

La mattina dopo parve come se il giorno precedente non fosse mai esistito.

Invece di entrare subito nel bar, Lorenzo si fermò un attimo a sbirciare dalla vetrina e la prima cosa che vide fu proprio Angela, che pareva stranamente serena e radiosa più che mai.

Sorrideva persino. Ed era stupenda.

Lorenzo si rese conto di essere un po' agitato.

Non sapeva nulla di lei, non era più certo nemmeno di piacerle. In fondo non gli aveva mai dato nessun segnale... e se si fosse trattato solo di un film tutto suo?

Avrebbe dovuto riprendere l'argomento del cane o magari quello era stato un segno del destino che gli diceva di lasciar perdere?

Mentre continuava a osservarla di nascosto, pensò che tutti quei dubbi non facevano parte di lui, anzi era sempre stato fin troppo sicuro di sé.

Si prese di coraggio ed entrò.

«Buongiorno» le disse con il sorriso, ignorando la leggera aritmia che gli provocò il suo sguardo su di lui.

«Buongiorno a te» sorrise dolcemente anche lei.

«Ti senti meglio?»

«Come? Ah sì, certo...»

«Ho saputo che ieri non sei stata molto bene.»

«Avevo solo bisogno di un po' di riposo, oggi mi sento come nuova.»

«Mi fa piacere» si sentiva già più sciolto, vedendola tranquilla come forse non era mai stata da quando la conosceva.

«Ti preparo il solito?»

«Perfetto.»

«Ma sei da solo? Nessun nuovo amico a quattro zampe?»

«Beh… a dire il vero non sono andato, ho preferito aspettarti.»

Angela lo guardò come se fosse stupita dall'importanza che lui a-
veva dato a quel loro discorso, come se le sembrasse incredibile che
lui volesse davvero portarla con sé.

«Mi dispiace di averti fatto saltare i piani.»

«Ma figurati, l'importante è che stai bene. Quindi più tardi sei libera?» azzardò.

«Finisco il turno alle quattordici.»

«Io a quell'ora avrò una lezione. Va bene se ci vediamo alle sedici
davanti al bar?»

«Va bene.»

Lorenzo non riuscì a nasconderle la sua gioia e le sorrise, grato per
quella seconda possibilità.

CAPITOLO VII

Gemma

Gemma aveva superato la rabbia e la delusione per quello che era successo durante l'incontro con suo padre.

Aveva avuto una reazione eccessiva e se ne rendeva conto, ma non aveva potuto impedirlo.

Erano passati quasi tre mesi, ma ancora ricordava nitidamente quella giornata così colma di emozioni contrastanti: prima la trepidante attesa, poi lo shock dovuto alla scoperta della nuova relazione di sua madre, infine quella rivelazione inaspettata proveniente anche dall'uomo più importante della sua vita. Era stato troppo, tutto insieme.

Si sentiva in colpa per come l'aveva trattato.

Quando sua madre era arrivata e aveva chiesto cosa fosse successo, nessuno dei due aveva detto nulla. Ma lui era mortificato, glielo si leggeva negli occhi.

Forse ormai l'aveva davvero perso per sempre. Forse non c'era più alcun modo di recuperare.

Nei giorni successivi Michele aveva chiamato più volte al telefono, ma Gemma aveva sempre implorato sua madre di non passarglielo. Non sapeva come affrontarlo, non c'era un modo semplice per spiegare tutto il turbinio di emozioni che le attraversavano il cuore da quando la sua realtà era stata totalmente stravolta.

Dopo un po', anche lui aveva smesso di provare a contattarla.

Come potevano i suoi genitori non capire che le loro scelte influivano irreparabilmente sulla sua esistenza? Come avevano potuto lasciarsi alle spalle così facilmente il loro matrimonio senza pensare neanche un attimo a lei? Al frutto di quell'amore, che aveva ancora bisogno di entrambi per crescere e maturare.

Era come se l'avessero strappata dal ramo troppo presto e avessero ricominciato a espandersi, andando in direzioni opposte l'uno dall'altra, supponendo che lei si sviluppasse da sola, nella fredda terra ai loro piedi.

Ma lei era forte e ce l'avrebbe fatta.

Nessuno avrebbe potuto portarle via la gioia di vivere. Sentiva che ci sarebbero stati tempi migliori, bastava solo trovare qualcosa di bello da fare e non lasciarsi sopraffare dagli eventi.

Forse, rispetto alle sue coetanee, per lei la vita era stata un po' meno spensierata, visto che il rapporto con i suoi genitori era tutt'altro che facile. Ma aveva tanti altri assi nella manica ed energie da vendere.

Doveva sfruttare la sua "marcia in più".

Decise che sarebbe stato perfetto organizzare un pigiama party con le sue compagne di classe, cogliendo l'occasione per riprendere i rapporti, visto che era ormai agosto e la scuola sarebbe ricominciata presto.

Avrebbe passato delle ore rilassanti e divertenti, preparato tanti giochi, mangiato caramelle fino a tardi e si sarebbe addormentata con il sorriso per la bella serata trascorsa.

Ma chi poteva invitare? Jessica era la più amata della classe, lei di certo non poteva mancare o neanche le altre sarebbero venute. A seguire c'era la migliore amica di Jessica, Anna, che la venerava e la imitava in ogni occasione.

La preferita di Gemma era la sua compagna di banco, Martina, una ragazzina un po' timida ma molto intelligente. Lei e Gemma si divertivano sempre un sacco insieme, condividevano molti interessi (amavano gli stessi personaggi dei cartoni e le stesse canzoni!) e anche durante le lezioni non mancavano mai battute e risate. Ogni giorno Martina aveva un pensiero per lei: portava a scuola due cioccolatini, i famosi Baci Perugina che, una volta scartati, contengono una citazione all'interno. Durante la ricreazione, entrambe mangiavano il proprio cioccolatino, leggendo l'un l'altra la frase racchiusa e cercando di interpretarne il significato. Era il momento migliore della giornata e le mancava molto.

Infine voleva invitare anche Rosa, perché, anche se era un po' strana, le dispiaceva che tutti gli altri della classe la lasciassero sempre sola. Sperò però che quella scelta non rovinasse l'intera serata per le altre.

L'unico problema restava dirlo a sua madre. Anzi, convincerla ad accettare. Di solito non le piaceva avere gente a casa ed era sempre contraria alle idee di Gemma. Ma doveva farle capire che le sue amiche non l'avrebbero disturbata e che avrebbe pensato a tutto lei.

Ne aveva un estremo bisogno, non desiderava altro in quel momento.

Andò in cucina per affrontare l'argomento e mentre si avvicinava riconobbe il delizioso aroma del pollo al forno con le patate. Una delle specialità di sua madre.

Ebbe istintivamente un moto di nostalgia (era da molto che Rosalba non preparava qualcosa di buono, negli ultimi anni i suoi piatti erano diventati tristi come il suo umore), misto a un'improvvisa acquolina in bocca.

La trovò tutta agghindata che preparava la tavola. C'era una tovaglia verde che non aveva mai visto, i piatti di ceramica invece che quelli di plastica e in più stava accendendo delle candele al centro.

Le pantofole e la solita tuta grigia che Rosalba indossava quando stava in casa erano sparite, sostituite da tacchi alti e un vestito rosso attillato. Il che non aveva senso. Cosa stava succedendo?

Gemma si accorse che la tavola era apparecchiata per tre, uno dei posti era quello dove un tempo sedeva suo padre.

Sua madre si voltò e vide il suo sguardo pensieroso.

«Gemma, amore, vai a sistemarti, oggi avremo un ospite a cena e devi essere presentabile.»

Gemma sbarrò gli occhi, non riusciva a credere a cosa aveva appena sentito. Si guardò addosso: aveva il completino fucsia che adorava tanto, non era sufficiente?

«Cosa devo mettermi? Chi viene a cena?»

Aveva paura di sentire la risposta.

«Metti il vestito blu a pois che ti piace tanto.»

Il vestito che aveva messo per suo padre, quello del giorno più brutto della sua vita?

«Non voglio mettere quello, mi sta stretto!»

«Vai e sbrigati, non fiatare! E vedi di non farmi fare brutta figura, verrà un uomo che è molto importante per me...»

Allora era vero, avrebbe conosciuto quel fantomatico fidanzato di sua madre. Non se la sentiva ancora, non era pronta.

Le venne da piangere. Come al solito sua madre non capiva nulla, non la teneva in considerazione e non pensava ai suoi sentimenti. Avrebbe potuto avvertirla per tempo, oltretutto.

Scappò via e cercò di calmarsi.

Rosalba dovette rendersi conto di essere stata troppo brusca, perché subito dopo andò nella sua stanza a parlarle.

Si sedette sul letto accanto a lei e il suo tono di voce divenne molto più accomodante.

«Cerca di capire, Gemma, che se ti voglio presentare Franco è solo perché tu sei mia figlia e voglio renderti partecipe della mia vita. Se non ti va gli dico di non venire, ma speravo tanto che tu lo conoscessi... puoi almeno provarci?»

Parlò sforzandosi di essere dolce come forse non era mai stata. Si vedeva che ci teneva, forse tanto quanto Gemma teneva al suo pigiama party con le amiche?

Non se la sentì di deluderla, visto che sapeva bene cosa si provasse, e annuì leggermente.

Rosalba si illuminò.

«Grazie, sei la figlia migliore del mondo!»

Era la prima volta che le diceva una cosa del genere, chissà se lo pensava veramente o se stava solo cercando di comprarla.

Gemma decise di pensare positivo.

Magari quell'uomo le sarebbe piaciuto, magari dare un volto a quello sconosciuto le avrebbe permesso di rivalutare la situazione, sarebbe stata felice per sua madre e tutto sarebbe andato per il meglio.

Dopo il fallimento della giornata con suo padre, in effetti, Rosalba era un po' cambiata nei riguardi di Gemma; la trattava con una leggera delicatezza in più, quasi avesse capito che sua figlia si era spezzata e temesse di romperla del tutto se avesse usato le solite prove di forza.

Tutto sommato, a Gemma ciò non dispiaceva affatto. Forse Rosalba aveva finalmente capito che in quella famiglia erano in due a sentirsi abbandonate. E che dovevano unirsi, non allontanarsi.

Mentre Gemma cercava con fatica di alzare la cerniera del maledetto vestitino a pois che ormai odiava profondamente, sentì suonare alla porta e subito dopo i tacchi di sua madre che si affrettavano ad andare ad aprire.

Senza pensarci troppo, si fece prendere dalla curiosità. Uscì dalla porta della camera e si accostò alla parete del corridoio, sbirciando verso l'ingresso e stando attenta che non la vedessero.

Non c'era comunque questo rischio: un uomo tozzo e pelato stava avvinghiando sua madre come se lei fosse un pezzo di pane e lui non mangiasse da giorni. La baciava in modo così appassionato, stringendosi su di lei e costringendola a piegarsi con la schiena all'indietro, che Gemma si vergognò. Si tappò gli occhi con le mani e cercò di scacciare il più velocemente possibile quell'immagine dalla sua testa.

«Fermati! Mia figlia potrebbe entrare da un momento all'altro» disse Rosalba, destandosi d'improvviso e svincolandosi dalla morsa dell'abbraccio di Franco.

«Che buon profumino» fece lui, incurante del resto. «Sono felice che tu mi abbia invitato.»

«Lo sono molto anche io.»

Era felice davvero, come non mai.

Quella cena rappresentava qualcosa di davvero speciale per lei ed era stata impaziente per giorni.

Non solo perché far conoscere Franco alla sua piccola Gemma era un passo decisamente importante, ma anche perché sapeva che quella serata avrebbe costituito una fondamentale svolta nella loro storia.

In quei tre mesi di frequentazione Franco si era rivelato sempre più appassionato, ma Rosalba sentiva che non finiva tutto lì.

Con il tempo i loro sentimenti erano cresciuti, non si trattava più solo di sesso, ma era nata della tenerezza che non si poteva ignorare.

Più di una volta, durante il rapporto lui le aveva detto che l'amava, che era una donna incredibile e che non aveva mai provato niente di simile per nessuna. E Rosalba sapeva che non erano solo vuote parole dette in un momento di passione, sapeva che le sentiva per davvero.

Era decisa ad andare oltre, magari a chiedergli se voleva sposarla, non appena il suo divorzio sarebbe stato effettivo.

Un uomo di 45 anni, benestante, carismatico, a capo di un'azienda, strano che non avesse trovato nessun'altra prima.

In ogni caso ormai si appartenevano e niente avrebbe potuto cambiare le cose.

Franco si accomodò e lei gli versò il vino, mentre lui le accarezzava il fianco e le sorrideva malizioso.

Gemma non era ancora arrivata, fortunatamente, ma non era giusto neanche che non si facesse vedere. La chiamò.

Sua figlia entrò poco dopo, con i capelli in disordine e la cerniera del vestitino un po' abbassata.

Rosalba la rimproverò con lo sguardo e si rammaricò con se stessa per non aver avuto il tempo di controllarla prima.

«Franco, ti presento mia figlia Gemma. Tesoro, lui è l'uomo di cui ti parlavo.»

«Ciao…» disse lei titubante.

«Piacere di conoscerti, sei molto carina.»

«Grazie.»

La freddezza di Gemma nei riguardi di Franco era palpabile, ma Rosalba si disse che era normale e che con il tempo sarebbe andata meglio.

Sistemò il vestitino di sua figlia e le passò una mano tra i capelli per cercare di placare i riccioli ribelli.

Infine, anche lei si accomodò e iniziò a servire il pollo.

Al primo boccone Franco le fece i complimenti per il cibo.

«È delizioso, complimenti» disse. Poi si rivolse a Gemma, nel tentativo di lusingare maggiormente Rosalba: «Sei fortunata ad avere una madre che cucina così bene!»

Gemma stava per replicare, ma intercettò lo sguardo fulminante di Rosalba e capì che era meglio tacere.

Si limitò ad annuire e sorridere con imbarazzo.

Rosalba sperò che la cena finisse il prima possibile, così Gemma sarebbe andata a dormire e lei sarebbe finalmente rimasta da sola con Franco a parlare.

«Mamma, volevo chiederti se una sera di queste possono venire alcune mie amiche a dormire da noi» iniziò Gemma dopo un po'. «Prometto che ne inviterò poche e faremo le brave, non ti daremo alcun fastidio.»

Mossa furba da parte sua quella di chiedere proprio in quel momento, quando sapeva che sua madre non voleva fare brutta figura con il suo compagno.

«Poi ne parliamo» chiuse l'argomento lei.

«Ti prego!» insistette Gemma, nonostante sapesse di camminare su un campo minato.

«Va bene, ma solo per questa volta» cedette lei infine, soprattutto per evitare che la discussione degenerasse, benché non ne fosse affatto contenta.

"Domani aspettati una bella ramanzina" disse col pensiero a sua figlia, mentre lei, ignara, sfoggiava il suo più grande e soddisfatto sorriso.

Anche Franco sorrideva, forse perché aveva colto il sottile gioco della piccola furbetta.

«Adesso vai in camera, i grandi devono stare un po' da soli» la esortò alla fine della cena Rosalba, sperando che non facesse storie per non poter restare a guardare la televisione.

Probabilmente era talmente felice per la concessione di sua madre sulla serata con le amiche che non pensava più ad altro.

Infatti non se lo fece ripetere due volte, salutò dando la buonanotte e andò via chiudendo la porta del corridoio senza che Rosalba dovesse neanche chiederglielo.

Rimasti da soli, lei e Franco si spostarono sul divano. Lui la ringraziò per la cena e la guardò con l'aria di quando aveva voglia di fare l'amore.

Non sarebbe stato accontentato, però.

Gemma era dall'altro lato della casa e Rosalba non voleva rischiare che li sentisse e ne restasse traumatizzata.

E poi, soprattutto, aveva una cosa da dirgli e non riusciva più a contenere l'emozione.

Si scansò dal suo tentativo di abbracciarla e gli annunciò che aveva un regalo per lui.

Franco parve molto sorpreso mentre lei gli porgeva una piccola scatola impacchettata e con un fiocco.

Lui scartò il regalo, divertito, ma quello che trovò dentro sembrò turbarlo profondamente.

«E questo cosa diavolo significa?» disse con un'espressione a metà tra il disgustato e l'incredulo, sollevando le piccole scarpette di lana gialla da neonato che aveva trovato dentro la scatola.

«Ho scoperto di essere incinta... non ne sei felice?» gli chiese, con la morte nel cuore nel rendersi conto della sua espressione sconvolta.

CAPITOLO VIII

Angela

Mentre si sistemava la linea della matita sugli occhi per andare all'incontro con Lorenzo, Angela si accorse di avere la mano che le tremava.

Si fermò un attimo per respirare.

Stava succedendo di nuovo. La paura stava per prendere il sopravvento.

Quando aveva deciso di concedersi una giornata di malattia dal lavoro, benché fosse consapevole che una scelta del genere non fosse esattamente da persona normale, auspicava a sfruttare quel tempo in solitudine per riflettere.

E l'aveva fatto.

Si era imposta di ignorare la strana sensazione che nasceva in lei ogni volta che quel ragazzo entrava nel suo raggio visivo e di esserne indifferente.

Aveva ordinato a se stessa, la prossima volta che l'avesse visto, di sfoggiare il suo sorriso migliore e di comportarsi normalmente, come faceva con qualsiasi altro cliente del bar e con qualsiasi altra persona che interloquisse con lei.

La percezione di strana familiarità che lui le aveva provocato, che poi era stata il motivo principale del suo disagio iniziale, stava lentamente svanendo, come un sogno al mattino di cui rimane solo un vago ricordo indefinito.

Restava ormai solo l'attrazione. E quella al contrario cresceva incontenibilmente istante dopo istante, facendole battere il cuore ogni volta che ripensava a lui.

Tuttavia, questa poteva anche essere una bella cosa.

Benché lei non avesse mai cercato né voluto questo tipo di emozioni, forse era giunto il momento che vi si abbandonasse un po'. Senza rifletterci troppo, senza più tirar su il suo muro di ghiaccio, solo lasciarsi trasportare dalla corrente e vedere dove l'avrebbe portata.

Il rischio, certo, era di uscirne distrutta.

Ma questo non poteva farle paura, non dopo quello che aveva dovuto affrontare nella sua vita.

E poi, poteva mai essere davvero così grave una piccola delusione d'amore?

Aveva sempre pensato che la gente fosse troppo esagerata, che non fosse possibile stare tanto male solo per via di una persona.

In ogni caso, se Lorenzo la stava prendendo in giro e non era davvero interessato a lei come cercava di farle credere, non sarebbe cambiato niente. Lei avrebbe ripreso la sua vita tranquillamente, senza interferenze. Sarebbe tornato tutto come prima, quando non c'era nessuno che le facesse tremare le mani o venire l'aritmia.

Però, per il momento, visto che ormai ci era finita dentro, che lo volesse o no, doveva stare serena, andare all'appuntamento e cercare di non comportarsi da pazza instabile.

Guardandosi allo specchio del piccolo bagno del suo appartamento, capì che rischiava di arrivare in ritardo, se avesse continuato a tergiversare. E questo non le succedeva mai.

Spazzolò i capelli, indossò gli stivali neri col tacco, prese la borsa e il cappotto e uscì.

Arrivata nei pressi del bar, lo vide da lontano che guardava l'orologio. Forse temeva che lei gli desse di nuovo buca, doveva proprio avergli fatto una terribile impressione fino a quel momento.

Quando Lorenzo guardò nella sua direzione e la vide, ecco spuntare il suo favoloso sorriso.

Le fece cenno con la mano per salutarla, mentre lei si avvicinava, leggermente agitata.

«Che bello, ci siamo, sono emozionato!»

Angela rise nel constatare il suo sincero entusiasmo e lui l'abbracciò delicatamente. «Grazie di essere venuta.»

«Sono lieta di poter essere d'aiuto» rispose lei, lasciandosi circondare dalle sue braccia e chiudendo istintivamente gli occhi per godersi quella sensazione.

Il momento fu breve, poi tornarono a una distanza di sicurezza.

«Ho chiamato il canile e calcolato la strada, devi solo seguirmi» disse lui, deciso.

«Hai pensato a tutto allora.»

Si incamminarono per riprendere la metro.

Durante il tragitto lui iniziò a raccontare di tutti i cani che aveva avuto in passato, a partire dal bulldog francese che l'aveva accompagnato nei primi anni, dando vita a molte gag divertenti, fino ai due husky che lui stesso aveva scelto e accudito prima di trasferirsi.

«Ma dimmi qualcosa di te, non so neanche da dove vieni...» disse a un certo punto. E Angela si sentì morire.

«Scusa, un giorno prometto che lo farò, ma non ancora, non sono pronta.»

«Va bene, tranquilla. Non voglio che tu faccia nulla che non ti senta di fare.»

Per rimarcare le sue parole e farle capire che non aveva nulla da temere, d'improvviso le prese la mano.

Angela non poté fare a meno di sentirsi in imbarazzo, lo considerava un gesto troppo intimo e soprattutto troppo prematuro.

Tuttavia non voleva ritrarsi, aveva già eluso le sue domande, le dispiaceva a quel punto schivare anche il suo tentativo di contatto.

Scesero le scale della metro in quel modo, mano nella mano, circondati dalla gente che correva di qua e di là.

Lorenzo cercò di essere disinvolto e di mostrarsi sicuro, ma in realtà si vedeva che faceva fatica a raccapezzarsi tra le linee e le direzioni dei treni.

In fondo era in città da poco, era normale che ci mettesse un po' a orientarsi.

Angela era divertita nel vederlo per la prima volta leggermente in difficoltà, lo faceva sembrare più "umano".

Una volta saliti, dovettero stare in piedi perché la carrozza era piena di persone. Si aggrapparono al palo posizionato in mezzo.

Vicini, l'uno di fronte all'altra, si guardavano negli occhi e sembravano conoscersi da sempre, nonostante non sapessero nulla l'una dell'altro.

❖

Dopo aver cambiato almeno altri due mezzi di trasporto e aver fatto una lunga passeggiata di circa venti minuti, mentre il sole aveva già lasciato lentamente spazio all'imbrunire, Lorenzo e Angela arrivarono finalmente davanti ai cancelli del canile.

Li accolse una giovane donna, che si presentò come Barbara e li invitò a entrare in un ufficio.

«È molto importante per noi ribadire che la scelta di adottare un a- nimale è qualcosa che vi condizionerà per molto tempo e sarà un im- pegno costante, per cui dovete essere assolutamente sicuri prima di compiere un passo decisivo. Inoltre, molti dei cani che vedrete qui provengono da situazioni difficili di abbandono o maltrattamenti, per cui la vostra responsabilità sarà ancora più grande.»

«Capisco, assolutamente. Ho sempre vissuto in compagnia di un cane e ne sento il bisogno anche adesso che mi trovo qui da solo. Poi fare del bene a un cucciolo in difficoltà mi renderebbe ancora più feli- ce» rispose Lorenzo.

La volontaria proseguì dicendo che sarebbero state necessarie una serie di domande sulle loro abitudini, sugli orari di lavoro e sul luogo in cui vivevano, aggiungendo che la prassi prevedeva altresì un'ispezione di preaffido presso la casa del futuro affidatario.

Lorenzo rabbrividì immaginando qualcuno che ispezionava il suo appartamento in totale disordine. Avrebbe dovuto rimediare al più pre- sto se voleva avere qualche chance di adottare il cucciolo.

«La sua fidanzata condivide pienamente la sua scelta?» chiese Bar- bara guardando Angela, che fino a quel momento era rimasta in silen- zio.

«Oh no, io non sono… lo sto solo accompagnando. Ma condivido la sua scelta e sono pronta ad aiutarlo. Se il cucciolo avesse bisogno di compagnia mentre lui non c'è sarei disponibile a prendermene cura» rispose prontamente Angela.

Lorenzo ne fu impressionato. Quella ragazza non finiva di sorpren- derlo. Tirò un sospiro di sollievo nel notare che anche l'esaminatrice sembrava soddisfatta della risposta.

«Bene, vi accompagno a fare un giro per la struttura e vi presento alcuni dei nostri amici in cerca di casa.»

Si spostarono in un ampio giardino, dove alcuni dei cani scorrazzavano liberi.

Un cucciolone di labrador corse loro incontro, seguito a ruota da un piccolo incrocio di beagle che lo stava stuzzicando.

Angela sembrava euforica, si piegò leggermente e li accarezzò, mentre i due cani le saltavano allegramente addosso cercando di leccarle il viso.

Lorenzo si fermò a guardarla: non l'aveva mai vista così allegra e sorridente fino a quel momento.

Assistere a quella scena gli fece comprendere maggiormente l'entità del potere che un animale poteva avere nel migliorare la vita delle persone.

La volontaria si allontanò verso i recinti dei cani e tornò accerchiata da altri cuccioli di diverse grandezze, che subito raggiunsero gli altri e iniziarono a correre per tutta l'area.

In braccio, Barbara teneva un piccolo cucciolotto dal manto nero lucente che sembrava terrorizzato.

«Lui è Bud» lo presentò. «Purtroppo è stato sfortunato, l'hanno riportato qui solo tre giorni dopo averlo adottato, quindi è molto abbattuto. È l'ultimo della sua cucciolata a essere rimasto.»

Lorenzo volse lo sguardo sul piccolo e rimase di stucco nel constatare che aveva dei meravigliosi occhi azzurri/grigi. E un viso triste dolcissimo.

Anche Angela si era avvicinata e lo guardava con tenerezza.

«Posso tenerlo?» chiese timidamente.

«Certo, prenda.»

La donna glielo passò tra le braccia e il cucciolo si fece avvolgere passivamente. Subito dopo parve rilassarsi.

«È impossibile resistergli» commentò Lorenzo, accarezzandolo dalle braccia di Angela.

«Sei bellissimo, Bud» gli sussurrò Angela dolcemente, mentre lo coccolava sotto il musetto.

«Ha tre mesi ed è un incrocio fra un cane corso e un labrador» continuò Barbara, vedendoli interessati. «Quindi una futura taglia mediogrande. Servirà spazio per tenerlo e molte passeggiate. Inoltre, voglio avvertirvi che la scelta di un cucciolo potrebbe essere più impegnativa rispetto a quella di un cane già adulto, perché comporta un maggiore impegno nell'adattamento, nell'abituarlo a urinare fuori, nel sopportare piccoli danni dovuti allo sviluppo dei denti e all'irruenza della crescita. Anche se devo dire che lui sembra di indole molto tranquilla, forse per quello che ha passato.»

Lorenzo annuì. Era pensieroso, ma non poteva ignorare di aver provato da subito qualcosa di speciale verso quell'esserino indifeso e abbandonato. Un po' come verso colei che lo teneva in braccio in quel momento.

Guardare Angela con Bud gli provocava una sensazione di pace e tranquillità. Prefigurò il suo futuro prossimo, a passeggio con quel cagnolone enorme ma buono e con lei al suo fianco, felice come era stata da quando erano arrivati in quel canile.

Capì con certezza di volere entrambi nella sua vita. Ci credeva profondamente.

Quei due, oltretutto, sembravano già inseparabili. Lo prese come un ulteriore segno del destino.

«Se è convinto, le faccio compilare un piccolo modulo e poi fisseremo un appuntamento per il preaffido» riprese Barbara, interrompendo i vaneggiamenti di Lorenzo.

«Perfetto, grazie.»

Sulla strada del ritorno, entrambi erano sovrappensiero.

«È stato difficile restituirle Bud, avrei voluto portarlo con noi già da adesso» disse Angela mentre si avviavano a prendere il treno.

«Hai ragione, speravo fosse più semplice adottarlo. Dovrò persino fare i salti mortali per far apparire accogliente il mio appartamento, non voglio pensarci.»

Angela rise.

«Se vuoi ti posso dare una mano. Volevo anche dirti che sul retro del bar c'è un piccolo cortile che utilizziamo come deposito. Quando non ci sei Bud può stare lì, dirò al proprietario che è mio e non credo farà storie.»

Lorenzo si accese di gratitudine.

«Ti ringrazio, sei davvero fantastica.»

La vide arrossire e abbassare lo sguardo, di certo non era abituata agli apprezzamenti. E questo la rendeva ancora più speciale e genuina.

«In più non trovi incredibile che abbia gli occhi blu come te e il colore dei tuoi capelli? Siete praticamente gemelli!» scherzò.

«Ma cosa dici!»

«Forse è per questo che mi piace così tanto…» aggiunse poi.

Angela parve irrigidirsi. Era davvero difficile conquistarla.

Una volta seduti in metro, Lorenzo prese il telefono e aprì per curiosità l'app del traduttore inglese-italiano.

«Vediamo… mi ricordavo qualcosa, *bud* in inglese significa "germoglio, gemma, bocciolo". Oltre a essere orecchiabile è un nome anche denso di significati, non trovi? Pare quasi invitarti a prenderti cura di lui.»

«Sono d'accordo, gli calza a pennello» convenne lei, sorridendogli.

«È stato proprio amore a prima vista» considerò Lorenzo.

Continuarono a parlare normalmente, scandagliando i vari impegni di entrambi, le necessità del cucciolo, gli acquisti da fare e tutte le altre varie eventualità nel caso in cui il preaffido fosse andato bene e Bud fosse davvero entrato nelle loro vite.

In quel modo, iniziarono a conoscersi un po' meglio.

Angela non era stranita dall'eventualità di prendersi cura di Bud mentre Lorenzo era impegnato con le lezioni o con la pratica forense che, gli disse, avrebbe iniziato da lì a poco.

Era quasi lieta e grata di avere quella possibilità. Sembrava come se lui le stesse facendo un regalo. E questo lo rese ancora più fiero della scelta, in un colpo solo avrebbe reso felici entrambi, oltre che se stesso.

Una volta arrivati davanti al bar, che a quell'ora era già chiuso, Lorenzo le indicò il portone che conduceva al suo appartamento.

«Non ti chiedo di salire perché non vorrei spaventarti.»

«Figurati. In ogni caso si è fatto tardi, meglio che rientri anch'io.»

«Non so come ringraziarti per oggi. Ho passato un pomeriggio bellissimo e tu sei stata davvero meravigliosa ad accompagnarmi e a darmi fiducia pur conoscendomi così poco. Apprezzo molto quello che hai fatto per me.»

«Non ho fatto niente, davvero. E comunque è stato molto bello anche per me.»

Si intuiva che lo pensava sinceramente.

Lorenzo era di fronte a lei, sapendo di doverla salutare, ma ebbe l'istinto di accarezzarle il morbido viso con il dorso del dito. Lei non reagì, continuò a sostenere il suo sguardo.

Aveva una voglia matta di darle un bacio sulle labbra, ma non avrebbe osato, per timore della sua reazione.

Angela lo guardava intensamente negli occhi e lui si accorse che aveva iniziato a tremare un po', forse per il freddo?

D'improvviso fu lei ad avvicinarsi di più a lui, si alzò in punta di piedi e gli prese il viso tra le mani, quasi a voler vincere tutte le sue paure facendo il primo passo.

Lorenzo lo prese come un invito e non riuscì più a frenarsi, si piegò verso di lei, chiuse gli occhi e avvicinò delicatamente le labbra alle sue.

Lei non si ritrasse, anzi schiuse la bocca e ricambiò il bacio.

Lorenzo la cinse con le braccia, facendola indietreggiare fino ad accostarsi alla serranda del bar chiuso, mentre le loro lingue si incontravano per la prima volta e il cuore palpitava di desiderio.

CAPITOLO IX

Gemma

«Non puoi avere un bambino da me, io sono sposato» aveva appena detto Franco a Rosalba, mentre lei si sentiva come se la terra sotto i suoi piedi fosse venuta a mancare e stesse di colpo precipitando in un burrone profondo.

«Non ci posso credere! Perché me l'hai tenuto nascosto? Perché non porti la fede? Ma soprattutto perché sei stato con me e mi hai illuso se hai una moglie?» urlò lei di rimando, senza più temere che Gemma li sentisse dalla sua stanza.

Era troppo sconvolta per ragionare. Voleva solo capire come avesse fatto a essere tanto stupida e a lasciarsi ingannare così.

«Non porto la fede perché nel corso degli anni sono ingrassato e mi sta stretta. Ascolta... il mio matrimonio è alla deriva, ormai io e lei neanche ci parliamo più da anni, ma non voglio che mi lasci, mi ridurrebbe sul lastrico, me l'ha già promesso più di una volta. Tu mi piaci davvero, sei la donna più sensuale che mi abbia mai rivolto delle attenzioni, ma questo non significa che io cerchi altro. Non voglio dei figli, non li ho mai voluti neanche con mia moglie e lei alla fine l'ha dovuto accettare e si è rassegnata. Ti prego, cerca di capirmi.»

«Capirti? Io non so più chi sei! Ho frainteso tutto, sono stata una vera idiota... tu volevi solo sesso, ma mi hai ingannato dicendo di amarmi!»

«Quelle sono cose che si dicono in un momento di passione, lo sai...pensavo fosse lo stesso per te.»

Rosalba non riusciva più neanche a replicare, era furiosa, delusa, disarmata da quella totale insensibilità.

Non aveva capito proprio niente. Tutte le sue speranze erano andate in frantumi in un istante.

«Ti prego di pensarci bene, non vorrei chiederti esplicitamente di interrompere la gravidanza, so che è una scelta molto personale, però, beh… pensaci almeno. Non mi rendo conto neanche di come sia potuto succedere, credevo di essere stato attento. Forse il preservativo ci ha fatto qualche scherzo senza che ce ne accorgessimo…»

Franco era totalmente fuori controllo, parlava a vanvera e non si rendeva assolutamente conto di quanto stesse peggiorando la situazione.

Un coltello nel cuore avrebbe fatto meno male di questo, pensò lei.

«Vai fuori da casa mia e non tornare mai più!» esplose alla fine Rosalba fra le lacrime. Non voleva più ascoltarlo.

«Ma… aspetta, dobbiamo parlarne, capire come procedere.»

«Ho detto fuori!»

«Se non vuoi abortire» continuò lui incurante della sua furia «almeno promettimi che non dirai nulla a mia moglie, mi prenderò delle responsabilità, ti aiuterò economicamente.»

«Non so come ripeterti che non voglio vederti mai più» singhiozzò lei, alzandosi e prendendolo di forza dalle braccia per costringerlo ad andare via.

Solo a quel punto Franco comprese che era inutile continuare e, avviandosi all'ingresso con lei che lo spingeva furibonda, disse:

«Ne riparleremo quando ti sarai calmata» prima che lei gli sbattesse pesantemente il portone alle spalle.

Rosalba restò lì, appoggiata alla porta di casa, scivolando a terra senza più smettere di gemere e disperarsi.

Per la seconda volta era stata abbandonata da un uomo che credeva l'amasse. Per la seconda volta una gravidanza, invece che un regalo del cielo, pareva un modo per distruggerla.

Era stata così felice quando, accortasi del ritardo, aveva fatto il test ed era risultato positivo.

A differenza di Gemma, stavolta non lo stava cercando.

Eppure, una volta appresa la notizia, aveva avuto solo pensieri positivi, immaginando che un figlio potesse costituire una svolta nella loro vita, incrementare il loro rapporto, essere lo stimolo per andare oltre.

Avrebbe voluto che fosse la sua seconda chance, la possibilità che il destino le dava di rimediare agli errori commessi con il suo primo marito.

Invece era stata l'occasione per scoprire che razza di uomo senza cuore stava frequentando.

E lei aveva il suo di nuovo in mille pezzi.

Non poté che prendersela con se stessa per non averlo capito.

I segnali, in fondo, erano chiari. Apparvero all'improvviso, nitidamente, cose che prima non aveva neanche considerato.

Franco non parlava molto con lei, non le chiedeva della sua vita, dei suoi sogni, delle sue giornate. E neppure le rivelava qualcosa di personale, mai.

Era solo accecato dalla passione, la desiderava come forse nessuno aveva mai fatto prima, neanche Michele all'inizio della loro storia.

Ed era stato persino questo a conquistarla, l'ardore con cui la toccava, la baciava, la possedeva.

Invece ora sapeva che lui era solo un porco adultero e fedifrago, che bramava il suo involucro e non aspirava neanche a conoscerla.

Stupida lei ad averci visto qualcosa di più che non c'era mai stato, forse perché era quello che voleva disperatamente vedere.

Pensò in quel momento che avrebbe potuto tranquillamente rovinarlo: c'erano i presupposti per intentare una causa per molestie sul luogo di lavoro, avrebbe potuto dire che lui aveva abusato della sua posizione di potere in quanto datore di lavoro.

Persino che l'aveva presa contro la sua volontà.

Si sarebbe separato dalla moglie, sarebbe stato costretto a dare a lei e al bambino tutto ciò che possedeva.

L'avrebbe distrutto e avrebbe così ottenuto la vendetta che meritava.

Ma a che scopo? Ne sarebbe uscita più felice?

L'umiliazione di un processo, il rischio di ferire Gemma qualora l'avesse scoperto, lo stress di affrontare tutto questo da sola, per di più incinta... non era ciò che le serviva.

E pensare che l'unica cosa che aveva sempre desiderato era solo qualcuno che l'amasse e l'accettasse per quello che era.

Si era persino innamorata di un uomo che non le piaceva esclusivamente perché le aveva rivolto delle attenzioni insistenti. Non se ne capacitava.

D'istinto si toccò il ventre, ancora magro e bello. Il bambino non era che una minuscola cellula.

Capì così, con una consapevolezza bruciante che le fece un male quasi fisico, di non desiderarlo affatto.

Non in quel modo, non da sola.

Il suo corpo che mutava e ingrassava, le nausee, i dolori, la stanchezza; e poi, una volta nato, una creatura da allattare, cullare, far dormire. Una creatura che avrebbe risucchiato tutte le sue energie, il suo tempo, la sua vita.

Le avrebbe impedito definitivamente di essere felice; proprio quando Gemma iniziava finalmente a essere più autonoma, ecco che tutto ricominciava di nuovo.

Si rendeva conto che a soli trentun anni aveva ancora la forza di affrontare una gravidanza, benché da madre single e con un'altra bambina già grande. Ma era anche vero che la sua vita da adulta era iniziata troppo presto, erano passati più di dieci anni da quando aveva avuto la prima figlia e le cose da allora non avevano fatto che peggiorare per entrambe.

Non era stata per lei esattamente la madre migliore del mondo.

Si incolpava persino di averle fatto perdere suo padre, che era andato via esclusivamente per causa sua. Cosa avrebbe potuto dare di buono a questo nuovo figlio in arrivo? Forse solo una vita di rassegnazione e di sofferenza, come la sua.

In ogni caso, sapeva con certezza anche un'altra cosa: non poteva assolutamente fare ciò che Franco le chiedeva.

La sua religione, nonché le sue convinzioni morali, in cui credeva profondamente benché non frequentasse regolarmente la chiesa, le impedivano di farlo e non le consentivano neanche di considerare un'eventualità simile.

Rimase così, a terra, per un tempo che le sembrò infinito, con il suo bel vestito rosso comprato per l'occasione, la tavola ancora da disfare e i piatti da lavare.

Immobile, incapace di destarsi dal delirio della tristezza che ormai l'aveva completamente avvolta, considerò che nei primi mesi non è infrequente avere un aborto spontaneo.

Si sentì una persona orribile a sperare che accadesse anche a lei.

CAPITOLO X

Angela

Angela non aveva chiuso occhio per tutta la notte.

Si era girata e rigirata nel letto per ore, continuando a ripercorrere nella mente quello che era successo poche ore prima.

Non riusciva a credere di averlo fatto. L'aveva baciato. Ed era stata la cosa più intensa e meravigliosa che le fosse mai successa.

Non era stato il suo primissimo bacio, in realtà. Ma quello stupido di Domenico Giordano, il suo compagno delle superiori, che l'aveva colta di sorpresa infilandole la lingua in bocca mentre erano da soli per un progetto di studio, guadagnandosi così uno spintone e il tentativo di Angela di schiaffeggiarlo subito dopo, non contava di certo.

Allora non aveva provato nulla, solo rabbia per essere stata baciata contro la sua volontà. Nonostante ciò, non era stata del tutto spiacevole la sensazione delle bocche che danzavano e delle lingue che si toccavano. E anche se lui l'aveva fatto con l'inganno, lei aveva indugiato qualche secondo in più prima di respingerlo.

Da quella volta, comunque, non aveva mai permesso a nessun altro di avvicinarsi.

Con Lorenzo però era tutta un'altra cosa. C'era tanto, tutto insieme.

Lui era talmente bello da sembrare finto. E in più pareva così dolce, sensibile, comprensivo. Dove stava il trucco? Com'era possibile aver conosciuto un ragazzo così? E averlo baciato...

Ogni volta che ripercorreva la scena con la mente provava un'incontenibile fitta al basso ventre. Una sensazione mai provata prima.

Era questo che la gente definiva "avere le farfalle nello stomaco"?

Non lo sapeva. Ma sapeva di essere felice, felice all'inverosimile. E si sentì male per essere così felice. Perché prima o poi tutto sarebbe potuto svanire, lui si sarebbe potuto rivelare un'altra persona, o si sarebbe potuto stancare di lei, o qualsiasi altra cosa si sarebbe potuta mettere in mezzo e spezzare l'incantesimo.

Cosa doveva fare? Vivere il momento come aveva deciso o tirarsi indietro prima che potesse essere troppo tardi?

Non aveva senso farsi tutte quelle paranoie così presto, solo per un bacio, ma non poteva impedirlo.

Aveva imparato a sue spese che, ogni volta che le capitava qualcosa di incredibilmente bello, ogni volta che aveva delle aspettative positive, alla fine tutto andava in frantumi. Tutto si rivelava diverso da come l'aveva immaginato.

Per questo aveva smesso di sognare, di avere delle aspirazioni. Era diventata di ghiaccio, impassibile.

E ora quel fuoco che lui le provocava dentro minacciava di sciogliere ogni cosa. Di bruciarla, persino.

Forse era ancora in tempo per salvarsi.

Scivolò finalmente in un sonno agitato, solo un'ora prima che la sveglia suonasse.

Si sentiva esausta, aveva dormito troppo poco. Ma doveva andare.

Con gli occhi che le bruciavano e rischiavano di chiudersi da un momento all'altro, prese le chiavi del bar e appoggiò la mano sulla serranda, proprio nel punto in cui il giorno prima si trovava il suo corpo, avvolto dal caldo abbraccio di Lorenzo.

Provò un'altra fitta di piacere al sopraggiungere del ricordo.

«Che succede? Sembri stravolta» le disse Monica, che era appena arrivata senza che Angela nemmeno la notasse.

«No, niente, ho solo dormito poco stanotte.»

«C'è qualcosa che mi sono persa?» chiese lei col solito sorrisetto malizioso. Era proprio un'inguaribile impicciona, anche se le si perdonava tutto perché era adorabile.

«Ma no, figurati.»

Non poteva dirglielo, altrimenti chissà che figure le avrebbe fatto fare con Lorenzo.

Quando lui arrivò, circa due ore e mezza dopo, il cuore di Angela iniziò a palpitare. Lorenzo si avvicinò senza indugio, sorridendo.

Si guardarono per un lungo istante e lei non poté fare a meno di provare un certo imbarazzo, ripensando a come aveva fatto la prima mossa la sera precedente. Capì di essere arrossita e si vergognò ancora di più.

«Ti ho pensata tanto» le sussurrò, quando fu sicuro che nessuno lo sentisse.

«Anch'io» ammise lei.

Lui parve sollevato e anche Angela si rasserenò.

Fino a quel momento tutto bene.

Dopo la colazione e una veloce ripassata ai suoi appunti che, si rese conto, erano sempre più scarni, Lorenzo chiese ad Angela se poteva fare una piccola pausa dal lavoro perché voleva parlarle.

Vide il suo sguardo preoccupato e la rassicurò, aveva novità su Bud.

«Ah, bene… arrivo, allora» gli disse. «Monica, io esco un attimo» aggiunse poi rivolta alla sua collega.

Monica guardò Angela, poi Lorenzo che era in attesa che quest'ultima aggirasse il bancone, poi di nuovo Angela.

«Ehi, voi due… non so che cosa succede, ma ricordatevi che il merito è tutto mio. Voglio essere la testimone di nozze» scherzò.

«Di che cosa sta parlando?» chiese Angela, in evidente shock.

Lorenzo scoppiò a ridere e non rispose.

«Sono cose tra me e lui» e gli fece l'occhiolino.

Angela decise di lasciar perdere, ma la sua espressione rimase perplessa mentre metteva il cappotto sul grembiule a righe da cameriera che, notò Lorenzo, le calzava divinamente sul fisico asciutto e le evidenziava le forme.

Una volta fuori, di nuovo davanti a quella vetrina del bar che solo qualche ora prima era stata testimone inconsapevole del loro primo bacio, lei parve voler mantenere le distanze.

Si accostò di lato, appoggiandosi al muro adiacente e mettendo le mani nelle tasche del cappotto, e gli chiese cosa avesse da dirle.

Lorenzo si ritrovò a sperare con tutto se stesso che non si fosse pentita per quanto successo tra loro. Per lui il desiderio era cresciuto esponenzialmente.

«Poco fa, mentre tu eri impegnata con dei clienti, mi ha telefonato Barbara, la ragazza del canile. Mi ha chiesto se per me andasse bene la sua visita per lunedì nel primo pomeriggio, cioè dopodomani.»

«Ah, bene. Prima verrà, prima avremo la possibilità di rivedere Bud» rispose lei con gli occhi che le brillavano.

«Vero. Ma il problema è che a casa c'è ancora l'apocalisse, sono pieno di scatoloni e ho persino un armadio dell'Ikea da montare. In più, secondo te non dovrei predisporre una cuccia e altre cose in modo da farmi trovare pronto per il suo arrivo?»

«Giusto, è un'ottima idea.»

«La tua offerta di aiuto è ancora valida?» le chiese infine, sfoggiando il suo sguardo da cucciolone implorante e bisognoso.

Anche se avrebbe potuto benissimo passare l'intero weekend a sistemare tutto da solo, gli piaceva da morire l'idea di averla lì, nel suo appartamento, di trascorrere altro tempo con lei, a guardarla e a stuzzicarla. E poi, chissà, magari avrebbe avuto di nuovo occasione di assaporare le sue labbra o addirittura di andare oltre, sempre se anche lei l'avesse voluto.

La vide incerta e immaginò che stesse ponderando l'idea di ritrovarsi da sola nella casa di quello che per lei restava ancora uno sconosciuto. Sperò che le sue esitazioni non fossero più forti della fiducia che lui aveva tentato di costruire tra loro.

«Non so, forse non è il caso...» rispose infine, ma senza troppa convinzione.

Lorenzo decise che era il momento di esporsi e di essere sincero, altrimenti non ne sarebbero usciti.

«Angela, ascoltami. Capisco che tu possa essere spaventata, lo sono un po' anch'io. Perché tu mi piaci davvero. Ma sappi che non farei mai nulla che ti possa mettere in difficoltà. Vorrei solo la possibilità di conoscerti meglio, di passare del tempo in tua compagnia. Vuoi essere così sconsiderata da concedermelo? Ti prometto che farò di tutto pur di farti stare bene.»

Quella disarmante confessione parve colpirla.

«Beh... è strano, ma lo stai già facendo.»

«Che cosa?»

«Farmi stare bene.»

Era bellissimo sentirle dire quelle parole, Lorenzo era al settimo cielo.

Ma poi lei continuò.

«E questo mi terrorizza e mi spinge a fare un passo indietro. Perché ho troppa paura che alla fine possa andare tutto a rotoli come succede sempre.»

«Perché pensi questo? Anch'io sono stato ferito in passato, so cosa vuol dire soffrire. Ma non è giusto neanche privarsi di qualcosa di bello solo perché si teme che possa finire. Nella vita bisogna buttarsi, rischiare. E poi siamo in due in questa situazione, non sei da sola.»

Vide che gli occhi le erano diventati un po' lucidi e temette di aver detto qualcosa di sbagliato.

Capì che quella ragazza doveva aver sofferto davvero molto per vivere così male anche solo l'idea di approfondire una conoscenza.

Non sapeva cosa fare per aiutarla, ma seguì quello che l'istinto gli suggeriva e l'abbracciò: non poteva sopportare l'idea di vederla triste, anche se non ne conosceva il motivo.

Lei si lasciò avvolgere e poi lo abbracciò a sua volta, stringendolo con le braccia intorno ai fianchi.

La sua testa era appoggiata al petto di Lorenzo, proprio sul cuore. Probabilmente sentiva il suo battito. Lui chiuse gli occhi e le accarezzo delicatamente i capelli con una mano, mentre con l'altra le cingeva la vita.

Rimasero così per un lungo minuto, in silenzio. Come se il tempo si fosse fermato.

Alla fine, lei si staccò, sfregò via una piccola lacrima e gli disse:

«Devo rientrare, ma domani il bar è chiuso e sono libera. Se ancora mi vuoi, mi troverai qui davanti.»

CAPITOLO XI

Gemma

Gemma non riusciva proprio a capire cosa stesse succedendo a sua madre.

Dopo quell'imbarazzante cena con il suo uomo, che oltretutto non le era piaciuto molto, pensava che almeno l'avrebbe vista un po' più felice.

Invece pareva essere stata risucchiata in un universo parallelo, fatto di buio, desolazione e fame.

Non lasciava la sua stanza da giorni, non preparava più da mangiare e non rispondeva quando lei la chiamava.

Capiva che era viva perché la sentiva respirare faticosamente, quando si avvicinava alla camera da letto.

Ogni tanto si alzava per andare in bagno. Forse vomitava anche, ma Gemma non ne era sicura.

La piccola si era chiesta più volte se fosse stata colpa sua. Aveva fatto qualcosa di male durante la serata senza rendersene conto?

Era perché aveva insistito con quella stupida storia del pigiama party, che tanto ormai nemmeno le interessava più?

Ma era troppo strano che si fosse arrabbiata così tanto solo per quello.

In ogni caso, non ne avevano più parlato. Anzi, non le aveva quasi più rivolto la parola, salvo per dirle di andare qualche volta a giocare dai vicini e di pensare da sola a cosa mangiare, perché lei non stava bene.

Con il passare del tempo, Gemma si era resa conto che alcune delle sue storie avevano praticamente preso vita: era davvero stata rinchiusa in una torre da una strega cattiva, come Raperonzolo.

Vagava per la casa buia, parlando con il suo peluche Toby e immaginando il giorno in cui sarebbe riuscita a liberarsi dalla strega, che la stremava con il suo assordante silenzio e lasciandola senza cibo.

Piano piano, quasi si convinse di essere realmente prigioniera di sua madre, o di quello che ormai rimaneva di lei.

Si costrinse però a non dire nulla ai vicini e a far finta che fosse tutto normale. Nonostante le facesse male quella situazione, non voleva che pensassero che Rosalba non fosse una brava mamma. Forse si vergognava di lei. O forse aveva paura che, se qualcuno l'avesse scoperto, le avrebbero separate e lei sarebbe finita in uno di quegli istituti che aveva visto in qualche film, quelli per i bambini senza genitori o con i genitori che non si prendono cura di loro.

Non poteva immaginare di rinunciare alla sua casa, che custodiva tutti i suoi ricordi sin dal giorno in cui era nata, e alle sue cose, che erano parte di lei.

La sua famiglia non era di certo come quelle che mostravano nelle pubblicità, con il marito che gioca con i figli e la moglie sorridente che prepara la colazione. A lei erano capitati un padre che se n'era andato via a migliaia di chilometri di distanza, che si era fatto una nuova famiglia e che ormai neanche telefonava più, e una madre fredda che a un certo punto aveva deciso di diventare un vegetale.

E non aveva neanche un fratello o una sorella con cui condividere la frustrazione e con cui allearsi nei momenti più difficili.

Le amicizie che aveva cercato di stringere non bastavano affatto in certe circostanze.

Le compagne di scuola abitavano in centro ed erano quindi troppo lontane, i vicini di casa erano gentili e la viziavano in ogni occasione possibile, ma i loro figli erano troppo grandi per poter giocare con lei.

Non c'erano nemmeno degli zii che potessero sopperire alle mancanze dei suoi genitori; o meglio, sapeva che suo padre aveva due fratelli, ma non erano più in buoni rapporti e Gemma non li ricordava neppure. Come se non bastasse, non aveva mai conosciuto i nonni materni, che erano morti prima che lei nascesse, mentre quelli paterni erano troppo anziani e malati, e si trovavano entrambi in una casa di cura fuori città.

Gemma era realmente sola al mondo.

Si sentiva abbandonata da tutti. E non capiva cosa avesse fatto di male per meritarlo, soprattutto da parte delle persone che avrebbero dovuto tenere a lei più di ogni altra cosa.

Ma questo era ciò che aveva. E se lo sarebbe fatto bastare.

Iniziò a occuparsi delle faccende domestiche (rischiando di inciampare e di farsi male mentre utilizzava la scopa e la paletta, troppo alte per uno scricciolo come lei) e poi provò a preparare la pasta, invece dei soliti panini, anche perché non era rimasto più molto in frigo con cui condire il pancarrè.

Voleva assolutamente dimostrare a se stessa di essere abbastanza grande per gestire la casa da sola.

Aveva visto e aiutato migliaia di volte sua madre sia a fare le pulizie che a cucinare, anche se non l'aveva mai fatto senza supervisione.

Comunque, se lei aveva deciso di arrendersi, non avrebbe trascinato con sé anche sua figlia, che aveva tutta la vita davanti e tanta voglia di imparare.

Un giorno, poi, sarebbe stata adulta anche lei: decise che avrebbe avuto tanti figli. La casa non sarebbe mai stata vuota. E Gemma sarebbe stata una madre migliore, presente, sveglia, divertente. Avrebbe fatto tutto con i suoi bambini e non li avrebbe mai tagliati fuori dalla sua vita come facevano i suoi genitori.

Non vedeva l'ora che quel futuro arrivasse.

Dopo un po', il periodo di reclusione in camera da letto di Rosalba finì. Gradualmente, iniziò a reagire.

La prima volta che Gemma la vide in piedi fu circa tre giorni dopo. La piccola era sul divano e la osservò di nascosto mentre camminava verso la cucina, con l'immancabile tuta grigia che ormai emanava un brutto odore, gli occhi arrossati e un fazzoletto in mano.

Bevve e mangiò qualche cracker, per poi sprofondare di nuovo nel buio della sua stanza.

Il giorno dopo, Gemma le fece trovare all'ora di pranzo un piatto di pasta sul tavolo. Ormai era diventata brava, non faceva più appiccicare gli spaghetti tra loro e il sugo non aveva il sapore di bruciato come la prima volta.

Sua madre si sedette e mangiò tutto in silenzio.

Quella sera, Gemma la sentì finalmente fare una doccia e capì che si stava riprendendo.

Si ricordò all'improvviso che quando suo padre se n'era andato aveva rischiato di vivere una situazione simile. Sua madre le aveva lasciato qualcosa da mangiare e poi era rimasta in camera per un'intera giornata o forse più. Ma all'epoca Gemma non era molto autosufficiente e sua madre non avrebbe potuto passare così tanto tempo senza prendersi cura di lei.

Forse allora era stata lei la sua spinta. Mentre questa volta non ne aveva trovata una tanto presto.

Ebbe la certezza, dato il sopraggiungere del ricordo, che il suo fidanzato avesse molto a che fare con il suo improvviso cambio d'umore. Forse anche lui l'aveva lasciata e per sua madre era stato troppo.

Provò pena per lei. Stranamente non era arrabbiata, ma solo dispiaciuta che sua madre si facesse abbattere così.

Ancora una volta, si chiese se fosse stata colpa sua. Forse non era piaciuta a Franco e quindi lui aveva deciso di abbandonare anche Rosalba?

In ogni caso, se era questo il motivo, meglio perderlo che trovarlo un uomo così. E sua madre aveva scelto Gemma piuttosto che la sua felicità.

Gemma si convinse, infatti, che l'avesse fatto proprio per lei e la perdonò per tutto il resto.

Nonostante ciò, anche quando Rosalba ricominciò a occuparsi delle faccende e soprattutto di se stessa, un velo di tristezza e di autocommiserazione l'avvolgeva completamente.

Era di nuovo spenta e impenetrabile.

Il loro rapporto, di conseguenza, parve tornato al punto di partenza.

Erano di nuovo chiuse nei loro silenzi e incapaci di comunicare le loro emozioni, ognuna intrappolata nella propria gabbia interiore.

Gemma non poteva sapere cosa passasse per la testa di Rosalba, ma, perlomeno, quella situazione era più familiare e rassicurante della precedente, in cui aveva temuto addirittura per la salute fisica e mentale di sua madre.

In fondo, anche se era brutto pensarlo, si era come abituata alla sua insoddisfazione cronica.

Frequentando quell'uomo pareva aver visto la luce in fondo al tunnel, ma era durata poco e alla fine era inevitabilmente ripiombata nelle tenebre.

La scuola finalmente ricominciò, impegnando le giornate di Gemma e concentrando tutte le sue attenzioni sullo studio e sulle amicizie ritrovate.

Sua madre finì il periodo di ferie e riprese il lavoro.

Era tornato tutto alla normalità.

Passarono così tre mesi, arrivò novembre e con esso anche il freddo. Le vetrine dei negozi avevano già iniziato a riempirsi di luci, alberi decorati e fiocchi di Natale. E anche la città era piena di festoni illuminati.

Era il periodo dell'anno che Gemma preferiva in assoluto.

A casa sua non c'erano molte tradizioni natalizie, purtroppo non avevano una grande famiglia con cui riunirsi e cenare tutti insieme allegramente, ma adorava comunque il giorno in cui si rispolveravano gli scatoloni colmi di addobbi, si montava l'albero di Natale e da quell'istante la casa aveva tutta un'altra atmosfera. Prometteva felicità.

Nondimeno, da qualche giorno Gemma si sentiva particolarmente giù di morale.

La sua amichetta Martina aveva cambiato banco, si era spostata vicino a Jessica perché l'inseparabile amica Anna si era trasferita e non veniva più a scuola.

Tra tutte le bambine che c'erano in classe, come aveva fatto Jessica a scegliere proprio Martina come sua nuova migliore amica? La *sua* Martina!

E Jessica non poteva essere contraddetta, lo sapevano tutti.

Il risultato era che per non lasciare Gemma da sola nel banco, la maestra aveva chiesto a Cosimo, un ragazzino con gli occhiali e con la erre moscia, che sputava quando parlava, di sedersi con lei. E quella era davvero una tragedia.

Non voleva Cosimo vicino, rivoleva Martina.

Il momento peggiore fu quando, con la coda dell'occhio, puntò lo sguardo verso i primi banchi, dove loro due erano sedute, e la vide mentre regalava un Bacio Perugina a Jessica. E insieme sorridevano, guardandosi l'un l'altra e mangiandolo nello stesso momento.

Si sentiva profondamente tradita. Era stato davvero facile per Martina rimpiazzarla. Anzi, probabilmente lei, a quel punto, era al settimo cielo per essere entrata nelle grazie di Jessica.

E pensare che ogni tanto insieme avevano anche espresso dei giudizi su di lei, reputando che riuscisse a essere persino cattiva con chi non le piaceva.

Sarebbe stato difficile andare avanti per tutto l'anno scolastico in quel modo, doveva trovare perlomeno qualche altra compagna con cui confidarsi.

Si era già rassegnata a passare dei brutti momenti sia a casa che a scuola, quando, sorprendentemente, Gemma scoprì di avere un nuovo, meraviglioso motivo per cui essere felice. Il più bello che potesse immaginare.

E la notizia proveniva proprio da sua madre, l'ultima persona da cui se lo sarebbe aspettata.

Dopo averla riportata a casa da scuola, forse avendo notato il suo muso lungo e l'inevitabile broncio che ormai l'accompagnavano costantemente, le comunicò che c'era una cosa che non le aveva ancora detto.

Gemma in principio ne fu preoccupata, l'istinto le suggeriva che si trattasse di una novità non molto piacevole.

«Non so come prenderai quello che sto per dirti, ma è una cosa che riguarda anche te ed è giusto che tu ne sia al corrente. Ho scoperto di aspettare un bambino. Fra qualche mese avrai un fratellino o una sorellina.»

Gemma non poteva credere a quello che aveva sentito. La gioia le pervase ogni fibra del corpo e non riuscì a contenere l'entusiasmo. Iniziò a saltare sul posto emettendo piccoli versetti gutturali e di scatto abbracciò Rosalba, circondandole il ventre con le braccia, ma facendo attenzione a prestare la massima delicatezza di cui era capace.

«Grazie, mamma, grazie» disse senza staccarsi. «Sono felicissima, non vedo l'ora che nasca!»

Era come se fosse un regalo di Natale tutto per lei.

D'un tratto due grossi lacrimoni le invasero gli occhi e i singhiozzi le impedirono di proseguire.

Piangeva di felicità.

CAPITOLO XII

Angela

Alle otto e trenta esatte di domenica mattina, l'orario in cui di solito Lorenzo entrava nel bar per fare colazione durante la settimana, Angela arrivò davanti al suo solito posto di lavoro, benché fosse il giorno di chiusura.

Per quattro anni, tutti i giorni esclusa la domenica, si era avvicinata con gesti quasi meccanici alla saracinesca del bar per aprire, sapendo esattamente cosa l'aspettasse dall'altra parte.

Quella mattina, invece, si trovava lì, nella sua unica giornata di riposo, a guardare quella stessa serranda che da qualche tempo aveva assunto tutto un altro ruolo, e pensava a quanto in fretta potessero cambiare le cose.

Lui doveva essere davvero un tipo molto paziente, se aveva sopportato fino a quel momento tutti i suoi sbalzi d'umore.

Nonostante le sue ripromissioni, infatti, Angela aveva continuato ad avere cedimenti e aveva persino rischiato di piangere davanti a Lorenzo. Ripensandoci, avrebbe preferito sparire piuttosto che farsi vedere così.

Non aveva la più pallida idea di come lui potesse aver giudicato quel suo momento di debolezza.

Sperava soltanto che, decidendo di farsi trovare lì e trascorrendo la giornata con lui, sarebbe riuscita a rimettere a posto le cose. Voleva passare del tempo in tutta tranquillità come quella volta in cui erano andati insieme al canile, senza farsi prendere dal panico e sfruttando ogni momento possibile per conoscerlo meglio e capire se davvero ci fosse qualche speranza di costruire qualcosa.

Anche se la sola idea le sembrava impossibile.

Ma lui non demordeva e sembrava seriamente deciso a provarci; la sua convinzione sarebbe dovuta bastare per entrambi.

Dopo pochi minuti che se ne stava lì, immersa nei suoi pensieri, da un balcone del palazzo di fronte emerse un viso familiare, che la chiamò e le fece cenno con la mano.

Senza neppure aver stabilito un orario in cui incontrarsi, si erano lo stesso capiti al volo.

«Angela, ciao! Attraversa e suona al citofono, cognome Amato.»

Angela gli sorrise, ricambiò il cenno e obbedì.

Una volta dentro, salì a piedi fino al quarto piano.

Arrivò un po' affannata, lui la stava aspettando sull'uscio.

Indossava una t-shirt nera con il simbolo della Nike e dei pantaloni comodi di una tuta. Stava bene anche in quella tenuta più sportiva, considerò lei.

«Grazie di essere venuta. Potevi prendere l'ascensore.»

«Grazie a te di avermi invitato. Ehm, normalmente preferisco le scale. Non amo gli spazi chiusi.»

Tanto valeva essere sincera e continuare lentamente a fargli scoprire tutte le sue fobie e paranoie. Almeno avrebbe capito più facilmente che era meglio darsela a gambe piuttosto che perdere tempo con lei.

«Accomodati, questa è la mia umile dimora da ormai più di una settimana. Posso prepararti la colazione io per una volta? Cosa prendi di solito?» disse aiutandola a togliere il cappotto e riponendolo su un gancio vicino all'ingresso.

«Ti ringrazio» rispose lei ridendo «ma ho già fatto colazione a casa, mi serve necessariamente un bel caffè amaro per iniziare la giornata.»

«Ok, me lo ricorderò. Allora vorrà dire che darò il meglio di me più tardi, sfoggiando la mia arte culinaria per prepararti il pranzo.»

Angela apprezzava seriamente tutti i suoi tentativi di essere carino con lei.

La fece sedere su una sedia accanto al minuscolo tavolo in cucina e le mostrò i suoi ultimi acquisti. Aveva approfittato del tempo libero che aveva avuto nel pomeriggio precedente per andare in un negozio di animali, dove si era rifornito di: un collare e un guinzaglio azzurri, due ciotole di metallo, una per il cibo e una per l'acqua, e una piccola cuccia morbida da interno per cani, bianca dentro e nera fuori.

«Sai che questa andrà bene solo per i primi tempi, vero? Poi sarà troppo grande per entrarci» lo punzecchiò Angela, divertita.

«Lo so, ma era troppo carina. Voglio che si trovi bene sin da subito qui.»

«È davvero premuroso da parte tua pensare già ai suoi bisogni, senza neanche essere sicuro che l'adozione andrà a buon fine.»

«Quando si desidera una cosa bisogna fare di tutto per ottenerla, non pensi?» rispose lui, facendole sospettare, come al solito, che parlasse anche di altro.

«Penso di sì. Forza adesso, mettiamoci al lavoro, mi sembra ci sia molto da fare qui».

Decisero di iniziare scartando il pacco Ikea contenente l'armadio che lui aveva comprato non appena si era stabilito lì. Avrebbe fornito lo spazio necessario per sistemare anche il resto delle sue cose.

Fu divertente, per lei, interpretare insieme le istruzioni e vederlo all'opera mentre si concentrava per far combaciare i pezzi alla perfezione e le chiedeva di passargli viti e chiodi.

Nell'appartamento i riscaldamenti erano accesi e faceva caldo, dopo un po' Angela si accorse che Lorenzo aveva qualche goccia di sudore sulla fronte, mentre faticava come al solito a tenere a bada il ciuffo di capelli che gli cascava sugli occhi.

Seduta a terra di fronte a lui, circondata da una serie di assi di legno e da un numero infinito di piccoli utensili, si immobilizzò per un istante, fissando quel viso perfetto intento a incastrare l'anta dell'armadio sulla base. Le mancò il fiato nel rendersi conto di quanto le piacesse.

Senza interrompere quello che stava facendo, d'un tratto lui spostò lo sguardo su di lei, provocandole un vortice di emozioni incontrollabili.

«Tutto bene?» le chiese.

«Sì, mi ero fermata a guardarti» confessò candidamente.

Lorenzo le sorrise, compiaciuto. Adagiò delicatamente le ante a terra, si allungò verso di lei e le diede un leggero bacio sulle labbra.

Angela avrebbe voluto di più, ma non glielo diede a vedere.

Ripresero il lavoro con un'emozione nuova dentro.

Quando l'armadio fu montato e sistemato nel punto in cui avrebbe dato meno fastidio al passaggio, nel muro adiacente alla porta della camera da letto, poterono concentrarsi su tutto il resto.

Alcuni scatoloni erano rimasti chiusi, altri erano stati rivoltati da Lorenzo in cerca di abiti adatti al freddo autunno milanese.

Angela iniziò a selezionare i capi, in modo da rendere facilmente accessibili nell'armadio nuovo quelli che usava più spesso, relegando il resto nelle mensole in alto o nel piccolo guardaroba già presente in casa.

L'ordine era un suo punto forte, un'altra delle rassicuranti certezze di cui aveva bisogno per andare avanti.

Mentre tirava fuori i suoi vestiti, si rese però conto di due cose: la prima, che Lorenzo aveva un indubbio gusto nello stile; la seconda, che probabilmente la sua famiglia stava molto bene economicamente. Non poté fare a meno di notare, suo malgrado, che la maggior parte degli abiti riportava marchi noti: Gucci, Armani, Dolce & Gabbana, Trussardi.

Si chiese, ancora una volta, cosa diavolo ci facesse lì. Cosa ci trovasse uno così in lei.

«Mi sono reso conto che non conosco il tuo cognome, volevo cercarti su Facebook e chiederti l'amicizia» intervenne lui, interrompendo il flusso dei suoi pensieri negativi.

«Oh, no... io non sono su Facebook. Né su nessun altro social network, in realtà.»

«Non me ne va bene una» scherzò. «Posso chiederti almeno il numero di cellulare? Vorrei poterti contattare anche quando non lavori al bar.»

«Certo, te lo do subito.»

Mentre si scambiavano i numeri, si resero conto che era quasi ora di pranzo. Lorenzo le disse che il suo contributo era stato utilissimo, ma che era il momento di fare una pausa.

«Ti piace la pasta al pomodoro? Dimmi di sì, perché è una delle pochissime cose che mi viene bene!»

«La pasta va benissimo, tranquillo.»

Cucinarono e mangiarono insieme e tutto fu incredibilmente naturale.

Dopo pranzo, Lorenzo propose di riposarsi un po'. Si sedettero sul divanetto vicino al tavolo, mentre la macchinetta del caffè era sul fuoco. Fu lui a parlare per primo.

«Visto che tu mi hai detto che non sei ancora pronta, voglio essere io a iniziare, raccontandoti qualcosa del mio passato» fece una pausa, guardandola negli occhi.

Lei sentì che il battito accelerava. Capiva che quello era il suo modo per farsi conoscere meglio, ma quando lui le parlava con il cuore in mano la spiazzava, non sapeva cosa aspettarsi.

«Avevo una ragazza, la mia unica ragazza a dire il vero» continuò. «Ci siamo conosciuti al liceo e siamo stati praticamente inseparabili per anni. Credevo sul serio che sarebbe stato l'unico amore della mia vita.»

Sentendo quelle parole, Angela provò un'inspiegabile ondata di gelosia che partì dallo stomaco e le attanagliò il petto. Non aveva senso, lo sapeva.

Aveva fantasticato molte volte sui suoi trascorsi, ipotizzando che avesse avuto migliaia di ragazze, e se n'era fatta una ragione. Invece, scoprire che una sola persona era stata il centro di tutta la sua vita per molto tempo le fece male.

Non avrebbe mai potuto competere con una storia così, aveva perso in partenza.

«Poi che è successo?» si sforzò di chiedere.

«Se n'è andata. Ha preferito inseguire i suoi sogni lontano da qui. E non si è voltata indietro.»

"Dev'essere di certo una ragazza molto forte per fare una scelta del genere" pensò Angela, ma non lo disse.

«E da quanto vi siete lasciati?»

«Circa due mesi.»

«Ma... tu sei sicuro di aver superato la vostra rottura?» non poté impedirsi di chiedere, pensando che due mesi erano davvero pochi per riuscire a dimenticare qualcuno.

«Angela, non temere, non è per questo che ho voluto parlarti di lei. Se non avessi il cuore libero te lo direi. Non ti nascondo che è stata una parte importante della mia vita, ma è stata anche la persona che mi ha fatto soffrire di più al mondo per come mi ha lasciato. In un certo senso è addirittura a causa sua se sono qui. Non avrei mai deciso di cambiare vita e di lasciare la mia terra se avessi avuto ancora dei legami, oltre quello con la mia famiglia, ovvio. Ma a un certo punto ho sentito un profondo bisogno di andare via e di percorrere la mia strada da solo.»

«Ti capisco bene, è quello che ho provato anch'io.»

«Abbiamo qualcosa in comune, allora.»

Sorrisero all'unisono, il momento di tensione era passato.

«Ti ringrazio per esserti confidato con me.»

«Farei qualsiasi cosa per farti capire che puoi fidarti.»

«Questo appartamento non è mai stato così ordinato da quando sono qui!» esclamò Lorenzo, soddisfatto. «Sei stata una manna dal cielo.»

«Sono molto felice di aver sistemato tutto, ora mi sento meglio anch'io» concordò Angela.

Oltre ad aver organizzato e riposto la roba di Lorenzo negli spazi appositi, liberando il pavimento da tutte le cianfrusaglie, avevano anche creato un meraviglioso angolino a disposizione di Bud. La sua cuccia, le ciotole, il guinzaglio appeso al muro. Mancava solo qualche giochino e magari una copertina, ma Lorenzo promise che avrebbe provveduto presto.

A quel punto non restava che sperare che Barbara, il giorno dopo, avrebbe sorvolato sull'esiguità della metratura dell'appartamento e apprezzato l'impegno.

Fuori si era già fatto buio, ma Lorenzo non voleva che Angela andasse via, era stato troppo bello passare tutto il giorno con lei.

Non era riuscito a farla parlare molto di sé, ma si era comunque sciolta un po' di più e il tempo insieme era volato. Era la conferma che con lei si trovava davvero bene, non pensava a nulla se non a farla sentire a suo agio.

Visto che ormai avevano finito, lei si sedette sul bordo del letto, mentre ammiravano il risultato.

Lui le si avvicinò, sedendosi accanto a lei.

«Non posso trattenerti qui con me per sempre, vero?»

«Ti assicuro che a lungo andare non ti piacerebbe avermi tra i piedi.»

«Non credo proprio.»

I loro corpi erano così vicini che quasi si sfioravano.

Lorenzo aveva il desiderio di baciarla sin da quando aveva messo piede in casa sua, ma in quel momento, sapendo che la giornata volgeva al termine e che a breve lei sarebbe potuta scappare via, divenne ancora più intenso.

Lei si voltò e appoggiò la testa sulla sua spalla.

«Come devo fare con te?» chiese, probabilmente più a se stessa che a lui.

«Secondo me devi solo provare a lasciarti un po' andare» azzardò.

«E se poi me ne dovessi pentire?»

«Se una cosa ti rende felice, non può essere così sbagliata» sussurrò lui.

Quelle parole dovettero cogliere nel segno, perché Angela si avvicinò ancora di più, spostando le gambe sulle sue. Lui la sollevò dolcemente e la fece sedere sulle sue ginocchia. Sentiva il calore del suo corpo e il suo respiro su di sé. La desiderava ardentemente.

Le labbra si incontrarono come fosse una naturale conseguenza. Un bacio, poi un altro e un altro ancora. Si ritrovarono avvinghiati in un abbraccio appassionato, incapaci di resistere all'attrazione reciproca.

Lorenzo la cingeva con un braccio intorno al bacino, mentre con una mano le teneva la nuca. Riscoprì dentro sé una passione di un'intensità forse mai provata prima.

Nella foga del momento, finirono entrambi distesi sul letto, senza smettere di baciarsi.

Impulsivamente, Lorenzo fece scorrere la mano sul collo di lei, per poi farla scivolare giù, sul petto, fino a toccarle un seno attraverso la maglietta. Era sorprendentemente pieno e sodo e quella scoperta lo accese ancora di più.

Angela emise un gemito di piacere, ma subito dopo si destò e scostò le labbra dalle sue.

«Non voglio correre troppo...» gli disse, in un sospiro.

«Scusa, l'ho fatto senza pensare.»

«Non hai fatto niente di male, è solo che… beh, anche io devo rivelarti una cosa, a questo punto.»

«Puoi dirmi tutto.»

«Non so come la prenderai, ma è giusto che io sia sincera come lo sei stato tu con me. Non sono mai stata con nessuno prima d'ora. Sono vergine.»

Lorenzo non riusciva a credere a quello che aveva appena sentito. Al giorno d'oggi, era davvero raro che una ragazza così bella riuscisse a "preservarsi" tanto a lungo. Sicuramente l'aveva fatto per scelta personale. Si chiese se per caso non fosse una di quelle persone che voleva aspettare prima il matrimonio. Egoisticamente, pensò che probabilmente non sarebbe stato tanto semplice per lui rispettare una scelta del genere.

«Non dici nulla? Ti ho sconvolto?»

«No no, stavo solo assimilando la cosa. Posso chiederti il motivo, se non sono troppo indiscreto?»

«Nessun motivo in particolare, non ho mai trovato la persona giusta con cui fare un passo così importante. Non l'ho neanche mai cercata, a dirla tutta.»

Lorenzo tirò un silenzioso sospiro di sollievo, non era affatto come aveva temuto. Anzi, superata la sorpresa, sapere che nessun altro prima aveva avuto il suo corpo la rese ancora più speciale ai suoi occhi, più innocente e pura. La sentiva già sua e non c'era niente al mondo che desiderasse di più.

«Beh, ma adesso la persona giusta ha trovato te» la prese in giro lui, alleggerendo l'atmosfera.

«Ah sì? E chi sarebbe?» lei capì subito lo scherzo e stette al gioco.

«Ce l'hai proprio davanti» rispose tornando serio, e la baciò di nuovo.

«Sarei proprio pazza a non rendermene conto, vero?»

«Assolutamente.»

Restarono qualche altro minuto sdraiati, a guardarsi. L'azzurro dei suoi occhi visto da così vicino sembrava una piccola distesa d'acqua limpida, in cui Lorenzo avrebbe voluto con piacere perdersi per sempre.

Poi lei si ricompose e dichiarò che era arrivato il momento di andare via.

Fu incredibilmente difficile salutarla e tornare alla solitudine del suo monolocale. Ma Lorenzo era felice per il turbinio di sensazioni che Angela gli aveva fatto provare ed era impaziente di andare avanti, per scoprire tutto ciò che il destino aveva in serbo per loro.

CAPITOLO XIII

Gemma

"Grazie Bambin Gesù" disse fra sé Gemma mentre, in ginocchio ai piedi del letto, recitava la preghierina notturna, "sto vivendo il periodo più bello della mia vita."

Al catechismo, quando aveva fatto il corso per prepararsi alla prima comunione, le avevano suggerito di rivolgersi al Signore ogni notte, pregando non soltanto per chiedere qualcosa, ma anche per ringraziare per tutto ciò che già possedeva.

Non l'aveva fatto molto spesso da allora, ma quella sera, prima di andare a dormire, si era resa conto di quanto fosse felice e ne aveva sentito il bisogno.

A scuola le cose andavano molto meglio.

Cosimo, il suo nuovo compagno di banco, si era rivelato sorprendentemente intelligente e sveglio e le aveva insegnato tante cose, facendole persino rivalutare la matematica, visto che a lui veniva semplicissimo risolvere i problemi e le spiegava di volta in volta il metodo migliore per riuscirci.

Inoltre, la maestra di religione aveva percepito che Rosa, la ragazza introversa e un po' strana che nessuno voleva vicino, non si trovava bene nel posto in cui l'avevano fatta sedere, con accanto Caterina, una spilungona che non faceva altro che prenderla in giro. L'aveva quindi fatta spostare, creando un blocco di tre banchi in fondo all'aula e facendo in modo che Gemma si trovasse in mezzo tra lei e Cosimo.

«Tu sei una bambina molto sensibile» aveva poi detto a Gemma la maestra a voce bassa, chiamandola alla cattedra «so che sarai attenta ai sentimenti di Rosa e l'aiuterai a integrarsi anche con gli altri. Mi fido di te.»

Gemma ne fu entusiasta, fiera di essere considerata così bene da un'adulta e consapevole del ruolo importante che le aveva assegnato.

Prese il suo compito seriamente. Ogni giorno, da allora, aveva chiesto a Rosa come si sentisse e le aveva fatto promettere di dirle se avesse bisogno di qualcosa. Piano piano anche lei si era sbloccata un po', iniziando con qualche timida risata alle battute di Gemma e Cosimo e diventando poi sempre più complice.

Anche se parlava poco, forse perché si vergognava dei suoi denti storti, Rosa aveva un sorriso sincero e si capiva che custodiva dentro tante belle emozioni da tirar fuori. Esclusa la dentatura, comunque, la si poteva considerare carina, con i piccoli occhi neri e il viso pieno di lentiggini.

Ormai, quei tre erano diventati inseparabili e Gemma non vedeva l'ora di andare a scuola la mattina, per apprendere le nozioni dell'ultimo anno di elementari e per incrementare l'amicizia con due persone che si erano rivelate completamente diverse da quello che sembravano.

Le avevano fatto capire che le apparenze ingannano e che è più importante scoprire ciò che una persona nasconde dentro, piuttosto che giudicarla a priori.

Dopo qualche settimana, sentendoli ridere durante la ricreazione, Martina si era avvicinata a lei e le aveva chiesto, senza preoccuparsi di essere sentita:

«Perché frequenti questi due sfigati?»

Gemma non la riconosceva neanche più. Si vestiva e pettinava in modo diverso e a volte si metteva persino il rossetto, sicuramente di nascosto dai suoi genitori.

Per non ferire i sentimenti dei suoi due nuovi amici, Gemma aveva risposto, di getto:

«Siamo il Club degli Sfigati e ne andiamo fieri» provocando, come sperava, un urletto di approvazione da parte di Cosimo e il sorriso sul viso di Rosa.

Dopo quell'episodio, in ogni caso, non c'erano stati altri scontri. Al contrario, Gemma aveva capito quanto fosse importante socializzare, soprattutto per Rosa, dunque aveva cercato di essere amica con tutta la classe e si era battuta perché anche i suoi compagni di banco fossero considerati.

Quando le consegnavano qualche invito a una festa di compleanno, chiedeva sempre se anche Rosa e Cosimo fossero invitati. Se la risposta era no, Gemma si scusava ma rispondeva che non sarebbe stata presente.

Con il passare dei mesi, la considerazione che la classe aveva di lei cambiò, fu reputata come una sorta di eroina e paladina dei più deboli.

Per questo, tutti le davano retta e iniziarono persino a chiederle consigli sugli argomenti più disparati.

Le piaceva moltissimo quel ruolo di "capoclasse" improvvisata.

Anche se Jessica non era probabilmente felice di aver perso la sua corona, non le si oppose per non rischiare di essere malvista dal resto della classe. Tuttavia, Gemma sapeva, conoscendole, che lei e Martina non erano soddisfatte della piega che avevano preso le cose.

A ogni modo, ormai i compagni erano molto più uniti tra loro e non escludevano più nessuno dal gruppo. E in cuor suo, Gemma sentiva che era dipeso tutto da lei.

Le dispiaceva soltanto che quello sarebbe stato il loro ultimo anno insieme e che da settembre lei avrebbe dovuto ricominciare tutto daccapo in un'altra scuola.

Anche a casa le cose andavano a gonfie vele, per lei.

Era già arrivato aprile e sua madre era all'ottavo mese di gravidanza. Avevano scoperto che sarebbe nato un maschietto e Gemma, benché avesse sperato con tutta se stessa di avere una sorellina, era comunque contentissima.

Da quando aveva saputo che Rosalba era incinta, si era comportata da figlia perfetta, l'aveva aiutata in tutto. Le aveva tolto quasi completamente l'incombenza di fare le faccende, trasportava per lei le buste della spesa, la sorreggeva quando voleva sedersi o alzarsi e le allacciava persino le scarpe poiché il pancione le impediva di farlo. La domenica le portava la colazione a letto e le preparava spesso, benché sotto il suo controllo, qualsiasi cosa avesse voglia di mangiare.

Aveva capito, da molti atteggiamenti di Rosalba e dalle sue perenni lamentele, che questo bambino non era esattamente ciò che lei desiderasse di più. Sapeva anche che il padre non poteva essere il suo papà. E che dunque sarebbe stato una sorta di fratellastro.

Ma queste cose non le importavano. Per Gemma era comunque il regalo in assoluto più bello che potesse ricevere e per questo cercava di fare pesare a sua madre il meno possibile la sua condizione.

Aveva la ferma intenzione di godersi ogni istante della vita di quel piccolo miracolo così inaspettato e di essere per lui la sorella maggiore migliore del mondo.

Rosalba stava per raggiungere dei livelli di stress mai toccati prima. Per cominciare, odiava il suo corpo gonfio e goffo.

Non ce la faceva più. Voleva solo partorire e liberarsi di quel peso costante che le impediva di compiere le più comuni azioni quotidiane e la faceva correre in bagno ogni dieci minuti.

Nonostante i suoi sforzi, nonostante la gioia di sua figlia Gemma nell'apprendere la notizia e tutti i tentativi che lei faceva per alleggerirle la situazione, il suo pensiero non era cambiato molto in quei mesi.

Cercava di non darlo a vedere, ma la verità era che ancora non riusciva ad amare quel bambino in arrivo e si sentiva la persona peggiore del mondo. Una madre snaturata.

Non aveva neppure deciso che nome dargli, benché Gemma ne parlasse in continuazione e avesse nel corso dei mesi avanzato migliaia di proposte, l'una diversa dall'altra.

Rosalba covava da un po', dentro sé, un segreto desiderio di avviare le procedure per dare in adozione il piccolo. In questo modo, il bambino avrebbe avuto una famiglia amorevole, che lo desiderasse davvero, e anche per lei le cose sarebbero potute andare meglio, forse.

Tuttavia, non era sicura di voler provocare un dolore così grande nell'animo di Gemma.

L'idea di avere un fratello o una sorella era stata per lei un pensiero costante sin da quando aveva iniziato a ragionare, e nel momento in cui meno se lo aspettava, ecco che il suo sogno stava per divenire realtà. Poteva leggere nitidamente nei suoi occhi l'amore e l'entusiasmo che provava per quella creatura non ancora nata. Portarle via quel bambino, dopo che la vita alla sua giovane età le aveva portato via già così tanto, equivaleva a spezzarle il cuore con le proprie mani.

Se avesse deciso di tenerlo, l'avrebbe fatto solo per lei.

Quando aveva superato il suo periodo di totale autocommiserazione ed era tornata al lavoro, Franco aveva cercato di parlarle e di migliorare la situazione.

Rosalba, ormai calmatasi, gli aveva spiegato che non avrebbe mai e poi mai interrotto volontariamente la gravidanza e lui si era dovuto arrendere alla cosa.

Aveva giurato di provvedere economicamente a loro e, oltretutto, le aveva detto che gli era mancata e che aveva ancora voglia di lei.

Rosalba aveva cercato in fondo al cuore la forza di mandarlo via per sempre e sperato che la rabbia le impedisse di provare il seppur minimo sentimento di affetto nei suoi confronti, ma alla fine non ci era riuscita.

Benché non si fosse più permessa di cedere con lui al desiderio fisico, non l'aveva neanche respinto completamente. Lui si era convinto che dopo il parto sarebbero tornati insieme come se niente fosse successo.

E anche lei ogni tanto considerava possibile la cosa, prima che il pensiero andasse alla moglie di lui, ignara di tutto, e la facesse sentire sporca, crudele.

Forse era vero quello che lui le aveva detto e che continuava a ripeterle, ossia che il loro matrimonio era ormai una facciata e che a nessuno dei due importava più niente dell'altro. Ma non era questo che aveva immaginato per sé. Il ruolo di amante segreta di un uomo sposato e madre di un figlio che nessuno voleva.

Era già stato duro occuparsi di Gemma quando ancora ce l'aveva, un marito. E se fosse caduta di nuovo in depressione come era avvenuto la prima volta? Come ne sarebbe uscita da sola? Sua figlia stava crescendo, è vero, ma era pur sempre una bambina, non poteva assumersi dei ruoli che non le competevano minimamente.

Quei pensieri le impedivano di dormire la notte, mentre, con mille cuscini uno sull'altro, faticava terribilmente a trovare una posizione comoda.

Era entrata da poco nella trentaduesima settimana, quando, una notte, avvertì un dolore lancinante al basso ventre, seguito da perdite di sangue di un rosso vivo. Urlò e svegliò sua figlia, chiedendole di chiamare subito un'ambulanza.

Disse a Gemma, che era terrorizzata, di andare da Betty, la loro vicina.

Era una brava donna, rimasta sola con il marito perché i figli si erano trasferiti fuori per lavorare, e si sarebbe occupata di lei.

Rosalba fu trasportata al pronto soccorso, dove le dissero che vi era stato un distacco della placenta e che doveva essere eseguito un cesareo d'urgenza; il bambino sarebbe nato prematuramente.

Era quello che aveva desiderato, ma d'improvviso tutto ciò che avvertiva era solo tanta paura.

CAPITOLO XIV

Angela

Mentre Angela percorreva, completamente su di giri per i momenti appena vissuti con Lorenzo, la solita strada che l'avrebbe infine riportata nel suo tranquillo rifugio, il cellulare le annunciò l'arrivo di un nuovo sms.

Continuando a camminare, lo prese dalla tasca e lesse sullo schermo:

Già mi manchi terribilmente. Non vedo l'ora che sia domani.
Grazie ancora di tutto.
Lorenzo

Il cuore le si riempì di gioia. Avevano passato circa dieci ore insieme e lui non aveva ancora deciso di scappare via: questo era certamente un buon segno.

Strinse il cellulare al petto e chiuse gli occhi, era al settimo cielo.

Ma Lorenzo non sapeva ancora tutto. E non sarebbe stato facile raccontargli qualcosa che fino a quel momento non aveva mai rivelato a nessuno in vita sua.

Comunque, avrebbero fatto un passo per volta.

Anche se già si sentiva come se avesse bruciato tutte le tappe con lui. C'era mancato poco e si sarebbe davvero lasciata andare completamente. Per un attimo aveva persino deciso di non frenarsi e di andare a letto con lui. La voglia era tanta, la curiosità di vivere quell'esperienza pure.

Ma sapeva che era troppo presto, si sarebbe fatto un'impressione sbagliata. Era giusto aspettare di conoscersi un po' meglio, frequentarsi ancora. Pensò che anche lei non vedeva l'ora di rivederlo.

Finalmente, non aveva più tutti quei pensieri negativi che le avevano sempre impedito di viversi il momento.

Stava facendo dei passi avanti.

Nel frattempo, era già arrivata sulla metro senza ricordarsi neppure di aver percorso la strada. I piedi andavano da soli, mentre la mente vagava. Si sedette e digitò una risposta:

Grazie di essere sempre così carino con me, sei speciale.
Ci vediamo domani, sarà sicuramente un gran giorno.
Angela

Si accorse che stava sorridendo da sola e si sentì stupida, ma poi si rese conto che la gente attorno era totalmente immersa nei propri pensieri, la maggior parte non alzava neppure il naso dai propri cellulari o tablet, e nessuno faceva caso a lei.

Andò a dormire presto, senza neanche cenare perché aveva perso l'appetito per le troppe emozioni.

Quella notte, sognò di fare l'amore con Lorenzo e si eccitò nel sonno.

Di colpo, era già lunedì.

Avrebbe voluto concentrarsi il più possibile sul lavoro, ma era troppo distratta. Alle otto di mattina, dopo sole due ore, le era già caduto due volte il caffè sul bancone e aveva rischiato di rovesciare a terra un bicchiere fumante di latte caldo.

«Che ti prende? Oggi combini più pasticci di me» le disse a un certo punto Monica, con un'espressione tra il divertito e il preoccupato.

Senza rifletterci troppo, Angela decise di confidarsi con lei per una volta. La conosceva da poco, ma aveva dimostrato di essere una buona alleata ed era sicura che fosse una persona su cui si poteva contare, nonostante a volte apparisse ai suoi occhi totalmente spudorata.

«Io e Lorenzo ci siamo baciati» rivelò.

«Cooosa?» chiese lei con gli occhi sgranati e la bocca aperta in un ghigno di sorpresa.

«Più volte anche… e ieri siamo stati insieme tutto il giorno.»

«Beh, ti posso dire quello che penso in tutta sincerità? Mi fa piacere. Voi due formate una bellissima coppia.»

«Lo pensi sul serio? Come hai fatto a capirlo prima tu di me?»

«Ho occhio per queste cose, tesoro. In un'altra vita avrei potuto gestire un'agenzia di incontri. Avrei fatto soldi a palate.»

«Sei proprio scema… comunque grazie, qualsiasi cosa tu abbia fatto o detto. Non voglio saperlo. Vorrei solo essere sicura come te che tutto andrà bene. Ho paura che in fondo siamo talmente diversi io e lui…»

«Non pensarci e non farti paranoie inutili. Viviti il momento e vedrai che non te ne pentirai. Lui mi sembra davvero un bravo ragazzo. E stravede per te dal primo giorno. Io non so molto del tuo carattere né del suo, ma so che meriti una persona così al tuo fianco.»

La sua sincera amicizia la fece commuovere, l'aveva sottovalutata e invece si era rivelata una ragazza d'oro.

«Ora non metterti a piangere, ti prego» la fermò. «E parlando del diavolo, ecco Mister Ciuffo che arriva» disse rivolgendo lo sguardo alla vetrina del bar, da cui Angela intravide la sua bellissima sagoma che attraversava la strada diretta verso di loro.

Quando entrò sorridendo, ancora una volta il mondo si fermò intorno ad Angela. Ormai esisteva solo lui.

«Allora ti aspetto da me appena finisci di lavorare. Non lasciarmi da solo ad affrontare Barbara, ho assoluto bisogno del tuo supporto» le disse Lorenzo mentre stava per andar via.

«Non mancherò, promesso. Ma tu non hai le tue lezioni oggi?»

«Per oggi dovrò saltarle, altrimenti arriverei tardi all'appuntamento. Devo anche tornare al negozio per acquistare un giocattolino e i croccantini per Bud, sperando che me lo lascino adottare. Sono un po' teso.»

«Vedrai che andrà tutto per il meglio. Me lo sento» lo rassicurò.

«Spero tu abbia ragione. Ci vediamo dopo, Angela dagli occhi blu.»

Lei sorrise, forse ricordando che lui l'aveva chiamata in quel modo la prima volta che avevano passeggiato insieme.

«Sono quasi sicura che la canzone non facesse così» scherzò.

«Ma così è più bella» sentenziò lui.

«Se lo dici tu, mi fido.»

«Brava, fidati di me. A più tardi.»

Mentre usciva, si voltò e notò che lei lo stava ancora guardando. Le mandò un bacio con la mano. Poi si chiuse la porta alle spalle.

La mattinata sembrò non passare mai, Lorenzo si sentiva troppo impaziente e avrebbe voluto che Angela potesse essere lì con lui a distrarlo.

Mentre valutava che tipo di prodotto usare per pulire casa, il suo iPhone Plus ultimo modello squillò d'improvviso, rivelando sullo schermo il volto di sua madre che gli stava telefonando.

Da quando era partito, l'aveva chiamato quasi tutti i giorni per sapere come andasse con lo studio e come si trovasse. Lui non le aveva, però, ancora raccontato nulla né di Bud né, soprattutto, di Angela.

Temeva che lei disapprovasse. E non era pronto a dover litigare per far valere le sue ragioni. A volte sapeva essere davvero spietata nei suoi giudizi. Suo padre, invece, si sarebbe sicuramente complimentato con lui. Il pensiero del suo viso incurvato in una risata complice nascosta a sua moglie gli diede una sensazione di serena familiarità.

Rispose al telefono. Dopo le solite domande di rito e le sue risposte di circostanza, Lorenzo azzardò:

«Sto pensando di prendere un cucciolo, sai? Per sentirmi meno solo.»

Silenzio dall'altra parte.

"Pessima mossa, Lorenzo", pensò tra sé. Perché gli era venuto in mente di dirglielo proprio quel giorno? Forse sarebbe stato preferibile metterla poi davanti al fatto compiuto.

«Non fare stupidaggini, amore. Non prendere decisioni di cui potresti pentirti. E ricordati sempre che sei lì solo per studiare, superare il concorso e poi tornare qui, a casa tua, dove ti aspetta la tua famiglia a braccia aperte. Compresi Oscar e Nebbia. Perché, vedi, tu hai già dei cani.»

«Lo so, e mi mancano tantissimo. Ma non sappiamo quanto resterò qui, né quello che mi aspetta in futuro. E poi abbiamo sempre spazio per un nuovo membro della famiglia, no?»

«Qualcosa mi dice che hai già deciso. Hai solo finto di chiedermi un parere.»

«Più o meno» rivelò.

«Fa' come vuoi.»

Era la fine della conversazione per lei. Pazienza, dopo un po' se ne sarebbe fatta una ragione, come accadeva sempre quando qualcosa non rientrava nei suoi accuratissimi piani.

«Tranquilla, so quello che faccio. Ti voglio bene, ci sentiamo domani.»

«Ti voglio bene anch'io, zuccone.»

E riattaccò.

Nelle prime ore del pomeriggio, dopo che Lorenzo aveva reso splendente l'appartamento lavando tutto da cima a fondo, suonò il citofono.

«Chi è?»

«Sono io.»

La voce che aveva sperato di sentire. Attese che Angela salisse le scale aspettandola sull'uscio, felice che quel déjà vu si fosse presentato così presto.

Quando arrivò, non le diede neanche il tempo di parlare. Le prese il viso e la baciò. Le sue labbra così morbide e calde gli stavano già creando dipendenza.

«Che buon profumo di pulito» esclamò Angela entrando.

«Sono proprio un ragazzo da sposare» si vantò lui.

«Questo è ancora da valutare.»

Non si faceva comprare tanto facilmente.

Dopo circa mezz'ora, in cui analizzarono scherzando tutti i possibili scenari della visita di Barbara, alcuni dei quali finivano con esiti disastrosi, il citofono suonò di nuovo. Era arrivata.

Quando la videro sbucare dall'ascensore, entrambi non poterono nascondere la sorpresa.

«Guardate chi è venuto a trovarvi!» esclamò lei di getto, lasciando che il piccolo Bud uscisse per primo e corresse loro incontro.

Scodinzolava felice, li aveva riconosciuti.

«Amore!» esclamò Angela, accovacciandosi e accarezzandogli la testa, mentre il cagnolino cercava di morderle le mani e il movimento frenetico della coda gli faceva spostare la parte posteriore del corpo da una parte all'altra.

Tra tutte le ipotesi possibili, quella di certo non l'avevano prevista.

«Non pensavamo di vederlo oggi» disse Lorenzo a Barbara.

«Non vi nascondo che non è questa la prassi» rispose lei. «Normalmente, avrei prima dovuto accertarmi che il posto in cui il cucciolo andrà a vivere sia adeguato alle sue necessità. Tuttavia, Bud era davvero triste quando siete andati via l'altro giorno, ha pianto tutta la notte. È un cane intelligente e aveva intuito che stava per essere adottato. Ha un disperato bisogno di affetto, quindi ho deciso di darvi fiducia e di fare un'eccezione.»

«La ringrazio molto, prometto che non se ne pentirà. Si accomodi, intanto.»

Quando Barbara entrò, sul suo viso si dipinse un'espressione un po' demoralizzata.

«È davvero piccolo l'appartamento» considerò.

«Ne sono consapevole. Ma avrà a disposizione tutta la casa e il balconcino. E lo porterò spesso fuori a passeggio.»

Barbara si guardò intorno, poi volse lo sguardo su Bud, che nel frattempo stava ispezionando tutto, annusando in ogni dove.

«In più» aggiunse Angela «io ogni mattina lavoro nel bar che è proprio qui sotto. Lì abbiamo un cortiletto che potrà ospitare Bud quando Lorenzo sarà impegnato. Almeno potrà stare all'aria aperta e non chiuso in casa.»

Lei continuò a non dire nulla, probabilmente riflettendo sulla decisione da prendere.

Dopo un attimo, il piccolo trovò il giocattolino a forma di osso blu che Lorenzo aveva appoggiato su un lato della cuccia. Dal tavolo della cucina, tutti e tre lo osservarono mentre saltava dentro e lo afferrava tra i denti, per poi farlo volare e riprenderlo di nuovo, provocando un gran baccano con il suono che emetteva se premuto.

Sembrava indubbiamente un cane felice, in quel momento.

Il viso di Barbara si sciolse. Era ovvio che le stava molto a cuore il suo benessere. E Lorenzo era determinato a non deluderla.

«Va bene, non posso fare altro che arrendermi» sospirò. «Congratulazioni, Bud è ufficialmente vostro.»

Lorenzo e Angela si abbracciarono, emozionati.

Mentre Barbara li salutava, Angela propose di scendere per far conoscere il quartiere a Bud e fare la prima passeggiata con il suo nuovo padrone.

Erano ancora entrambi concentrati su di lui, che nel frattempo esplorava tutto con il naso e tirava il guinzaglio per andare più veloce, quando svoltando l'angolo Angela rischiò di andare a sbattere contro una signora anziana che si trovava proprio di fronte a lei e stava camminando in direzione opposta.

«Mi scusi tanto» le disse «non l'avevo vista.»

«Oh, di niente» rispose la donna, che però si era un po' agitata per lo spavento e si era messa una mano sul cuore.

«Betty?» disse Angela d'un tratto, guardandola in palese stato di shock.

«Sì? Ci conosciamo? Nessuno mi chiamava più così da tanto tempo...»

D'istinto Angela si voltò verso Lorenzo con un'espressione un po' intimorita, quasi avesse paura che quell'incontro svelasse una parte di lei che non era ancora sicura di voler mostrare. Poi si rivolse di nuovo alla signora. «Ti ricordi di me?»

La donna la osservò ancora, senza parlare. Poi parve scrutarle negli occhi qualcosa che soltanto lei conosceva.

«Piccola... sei proprio tu?» domandò commuovendosi e abbracciandola. «Santo cielo, sei così diversa... ho pensato tanto a te in questi anni.»

Anche Angela sembrava sinceramente emozionata. «Non ti ho mai ringraziato per quello che hai fatto per me» le disse.

«Non devi, ho fatto solo il mio dovere. E sono felice di essere stata d'aiuto.»

«Beh, comunque grazie, non lo dimenticherò mai. Vivi qui anche tu adesso?»

«Sì. Mi sono trasferita per stare più vicina ai miei figli, quando mio marito è venuto a mancare.»

«Mi dispiace molto.»

«Sono cose della vita. Spero di rivederti, sei stata come una terza figlia per me e ti ho sempre voluto un bene dell'anima.»

Angela sembrava trattenere a stento le lacrime.

«Lo stesso è per me. Grazie.»

Quando la signora andò via, solo dopo aver dato un altro abbraccio ad Angela e salutato Lorenzo con un sorriso compiaciuto, Angela si rivolse a lui, in ansia.

«Un giorno ti spiegherò tutto, te lo prometto.»

CAPITOLO XV

Gemma

Un mostriciattolo di 1,5 kg, col viso tutto rosso e una massa scomposta di capelli nerissimi, frignava ininterrottamente dall'incubatrice, sotto l'occhio vigile di sua sorella, Gemma.

Non era riuscita a distogliere lo sguardo da lui neppure per un secondo da quando era andata a trovarlo, dodici ore dopo la sua nascita.

Sapeva solo una cosa per certo: era già l'amore della sua vita.

La mamma aveva avuto delle complicazioni, le avevano detto. In quel momento riposava nella sua stanza, mentre Gemma osservava attraverso uno spesso vetro il minuscolo corpo del suo fratellino.

Il piccolo aveva deciso di venire al mondo troppo presto. Forse era impaziente di conoscerla, come lo era lei di vedere lui?

Adesso però avrebbero dovuto aspettare un mese prima di poterlo portare a casa, forse anche di più. E a Gemma questa cosa non andava giù.

Una bella dottoressa dal viso gentile le aveva spiegato che il bambino aveva bisogno di tante cure e di restare in ospedale perché era in sofferenza fetale.

Gemma non sapeva cosa significasse esattamente, ma ne fu rattristata nel profondo. Non sopportava l'idea che quel batuffolo così inerme iniziasse la sua vita soffrendo. E odiava il fatto che non poteva fare nulla per aiutarlo, per alleviare il suo dolore, per guarirlo.

Aveva nutrito così grandi speranze, aveva immaginato il momento della sua nascita almeno migliaia di volte.

Avrebbe desiderato che lui sentisse il suo affetto sin dal primo momento, che percepisse che al mondo esisteva qualcuno che lo amava più della sua stessa vita.

Ma non era stato possibile e doveva accettarlo.

Le avevano anche detto che solo la mamma e il papà del bambino potevano entrare nella stanza per prenderlo in braccio e per dargli il latte. A lei non era consentito.

Non sarebbe dovuta andare così, ma perlomeno lui era lì, davanti a lei, vivo e vegeto, benché attaccato a dei piccoli tubi che gli permettevano di respirare.

Bastava resistere per un altro mese e poi tutto sarebbe stato perfetto, all'altezza delle sue aspettative.

A occhio e croce, considerò, lui non le assomigliava per niente; aveva la pelle più scura e i capelli neri.

Guardandolo per la prima volta capì quale fosse il nome che più gli si addiceva.

«Mamma, come stai?» chiese Gemma poco dopo, entrando nella stanza presso la quale era stata ricoverata Rosalba. Senza darle il tempo di rispondere, aggiunse subito: «Volevo dirti che ho deciso il nome del bambino: Bruno! Non puoi dirmi di no, è tutto scuro per davvero, è il nome giusto per lui.»

«L'ho già chiamato Francesco, come suo padre. Anche se probabilmente non lo conoscerà mai» rispose lei, svogliata.

Gemma era sconvolta. Perché dargli il nome di una persona che non lo meritava affatto?

Sua madre non faceva che deluderla.

Betty, la vicina che aveva ospitato Gemma quella notte e poi l'aveva anche accompagnata in ospedale, era rimasta fino a quel momento in disparte e intervenne solo per smorzare la palpabile tensione tra mamma e figlia.

«Un bel nome, Rosalba. Spero ti permettano di stare con lui il più possibile. So che in questi casi potrebbe essere più difficile creare un legame con il bambino, quindi cerca di concederti tutto il tempo necessario…è proprio una benedizione questo nuovo arrivo nel nostro tranquillo quartiere. Per qualsiasi cosa sai che puoi contare sul mio aiuto.»

«Mi basta che tu ti prenda cura di Gemma finché sarò rinchiusa qui» rispose lei gelida.

«Oh, certo, ci mancherebbe. È una bambina adorabile» sorrise lei, accarezzando la testa di Gemma.

Rosalba chiuse gli occhi e non rispose.

Forse era ancora provata per quello che aveva dovuto subire, pensò Gemma, cercando di giustificare il suo atteggiamento indisponente anche con una donna che stava solo cercando di essere gentile.

Di nuovo, sperò che quel periodo passasse presto, per poter finalmente iniziare la sua vita con il nuovo membro della famiglia, apprezzando ogni istante della sua esperienza nel mondo.

Finalmente, il mese di visite fugaci all'ospedale e di osservazione a distanza di Francesco finì.

La mamma lo portò a casa in un soleggiato martedì pomeriggio di inizio maggio.

Mentre li aspettava impaziente, Gemma pensò che il suo compleanno era vicino e che quest'anno a festeggiarla non ci sarebbero stati solo tutti i suoi compagni, ma anche il suo fratellino. Sarebbe stata una festa magnifica, colma di persone significative e di amore. Non poteva chiedere di meglio per i suoi undici anni.

Rosalba le aveva ordinato di restare a casa ad aspettare. Quando sentì la chiave del portone che girava, non stava già più nella pelle per l'emozione.

Lei entrò, reggendo la borsa da una parte e il bambino, avvolto in una copertina, dall'altra. Non le disse nulla, lasciò Francesco da solo sul divano e andò in camera.

Gemma avvertì che non era un buon segno ed ebbe paura. Non era assolutamente in grado di badare a suo fratello da sola.

Si avvicinò e lo guardò, per la prima volta da vicino. Si rese conto che in così poco tempo era cambiato tantissimo, sembrava molto più carino, nonostante fosse davvero piccolo, più di quanto Gemma avrebbe mai potuto immaginare.

Dopo un attimo, lui iniziò a piangere disperato.

«Mamma, mamma! Vieni, ti prego. Francesco piange...» iniziò a gridare lei per destare l'attenzione di sua madre.

Rosalba non rispondeva, per cui Gemma seguì quello che l'istinto le suggeriva: lo prese in braccio, delicatamente, cercando di non fargli male. Era una piuma. Il piccolo si placò un istante, poi riprese a piangere. Forse lei non riusciva a tenerlo bene.

Gemma era decisa a non arrendersi. Questa volta sua madre non l'avrebbe trascurata, non lo avrebbe permesso. Non tanto per se stessa, ovviamente, quanto per quella piccola vita che necessitava assolutamente del suo contributo per sopravvivere.

Si diresse verso la sua stanza, cercando di cullarlo come poteva.

«Mamma, ti prego» bussò.

«Lasciami sola un momento» fu la risposta.

«Io vado a chiedere aiuto, non posso farcela senza di te» le urlò in preda al panico.

Quella minaccia fece destare Rosalba, che uscì dalla camera e le strappò dalle braccia il bambino.

«Non ho bisogno di nessun aiuto.»

Gemma era fuori di sé. Non aveva mai capito sua madre quando si comportava in quel modo, ma questa volta era diverso, non c'erano più solo loro due. Doveva assolutamente fare qualcosa.

«Non ti permetterò di ignorarmi stavolta, Francesco ha bisogno di te e devi prenderti cura di lui assolutamente!»

Nel frattempo lui aveva ripreso a piangere sempre più forte e Rosalba sembrava stremata da quelle urla. Era in evidente stato di tensione.

Prima che Gemma potesse prendere qualsiasi decisione, le porse di nuovo il piccolo e le disse:

«Hai ragione, abbiamo bisogno di aiuto. Tieni Francesco e venite con me, vi porto in un bel posto, ok?»

Le sorrise dolcemente, sembrava aver trovato una soluzione. E anche Gemma si tranquillizzò di conseguenza.

Nella fretta di uscire, per di più con in braccio suo fratello, si rese conto solo una volta salita in macchina e allacciata la cintura che aveva dimenticato a casa Toby, il suo peluche. Non voleva uscire senza, anche perché non sapeva quanto sarebbero stati via.

«Puoi aspettare un attimo? Ho dimenticato Toby dentro. Vado subito a prenderlo.»

«Non possiamo aspettare, dobbiamo andare. Mi dispiace» fu la sua risposta. Mise in moto e partì sgommando.

Gemma avvertì un senso di privazione fortissimo, era davvero dipendente da quel pezzo di stoffa e non era mai uscita senza di lui prima. Tuttavia, non voleva contrariarla ancora. Soffrì in silenzio, sperando che le passasse presto.

Dopo circa mezz'ora che erano in marcia, mentre Francesco dormiva sereno, coccolato dal rilassante movimento della vettura, Gemma iniziò a farsi qualche domanda. Dove stavano andando? Sua madre aveva davvero intenzione di chiedere aiuto a qualcuno? Non riconosceva il paesaggio che si trovava di fronte, sembrava avessero lasciato la città per dirigersi verso qualche paese di montagna.

La strada tutta curve che le si presentò davanti dopo qualche altro minuto sembrò confermare i suoi dubbi. D'improvviso riaffiorò da qualche parte dentro di lei un vago ricordo del passato: le sembrò il sentiero che portava al paesino di origine dei suoi nonni paterni. Ma non aveva senso, perché loro non vivevano più lì da alcuni anni; si trovavano in una casa di cura, stando a quanto le avevano detto.

«Siamo arrivati» disse lei infine, fermando la macchina.

Intorno a loro non c'era nulla, sembrava fossero in una campagna abbandonata.

«Mamma, ma dove siamo? Chi può aiutarci qui?»

«Tu seguimi e basta.»

Gemma reggeva ancora il piccolo Francesco, che non si era svegliato neanche una volta scesi. Fecero qualche passo in mezzo all'erba alta, che le arrivava quasi fino alle ginocchia, poi aggirarono una casa che sembrava proprio quella dei suoi nonni, ma appariva disabitata e pericolante. Sul retro della casa c'era la porta di una vecchia cantina. Rosalba estrasse le chiavi, la aprì e le chiese di scendere.

Era tutto buio lì sotto e Gemma avvertì una paura folle. Cosa stava succedendo?

«Non voglio andare, mamma. Perché siamo qui?»

«Ci sono i tuoi nonni, non vuoi vederli? Vogliono conoscere Francesco e vogliono aiutarci. Corri da loro!»

Vedendola titubante, Rosalba decise di fare il primo passo.

«Scendo io per prima, ma tu seguimi, va bene?»

Gemma fece quello che lei le chiedeva, benché avesse una terribile sensazione e tutta quella situazione non le piacesse affatto.

Era pur sempre sua madre a chiederglielo, cosa mai poteva succederle di brutto? Doveva fidarsi.

Una volta giù, gli occhi si abituarono pian piano all'oscurità. Gemma avvertì subito un forte odore di polvere che la fece tossire e notò sul fondo della cantina delle grandi botti che un tempo dovevano contenere del vino, perché l'aria stagnante era impregnata di un aroma deciso.

Mentre lei ancora si guardava intorno, cercando di metabolizzare dove si trovasse e perché, udì un suono di passi veloci e la voce di Rosalba le arrivò dalla cima delle scale.

«Perdonami» le disse soltanto.

Gemma si voltò di scatto, giusto in tempo per vedere la sagoma di sua madre, illuminata dalla luce solare in superficie, appena prima che lei chiudesse pesantemente la porta.

A nulla servirono le urla imploranti di Gemma e il pianto di Francesco che si accodò immediatamente.

Rosalba li aveva chiusi in trappola.

SECONDA PARTE

Angela

CAPITOLO XVI

Era trascorso quasi un mese da quando Bud era entrato a colpi di coda nella quotidianità di Lorenzo e Angela, riempiendo totalmente le loro giornate.

In quel breve periodo, era già cresciuto tanto e fortunatamente si era ambientato bene da subito; era obbediente e aveva imparato che non doveva fare pipì in casa, ma solo quando lo portavano a spasso.

Durante la giornata, Lorenzo e Angela si erano organizzati in modo impeccabile: la mattina, lui portava Bud a fare una veloce passeggiata, poi andava al bar e lo lasciava nel cortiletto sul retro, dove Angela aveva predisposto una cuccia improvvisata con assi di legno e coperte e tutto l'occorrente per le sue necessità.

Quando Angela finiva il turno, poiché Lorenzo era davvero molto impegnato tra corsi e pratica forense e non gli restava molto tempo libero, lei lo portava con sé nel suo appartamento e insieme aspettavano che Lorenzo rientrasse.

La sera Angela lo riportava a casa, facevano un altro bel giro del quartiere (più che altro perché erano i padroni a voler passare del tempo insieme) e poi si salutavano.

La vetrina del bar era stata spettatrice di altri baci appassionati, ma ancora Lorenzo e Angela non erano mai andati oltre.

Lui le chiedeva spesso se voleva salire in casa, ma fino ad allora lei aveva sempre gentilmente rifiutato.

Era decisa a trovare prima il momento giusto per parlargli. Lui meritava di sapere.

Più di una volta, Lorenzo aveva insistito perché uscissero almeno a mangiare fuori il sabato sera e lei alla fine aveva ceduto. Era stato piacevole trascorrere delle serate spensierate in cui non era lei a dover servire ai tavoli, e per di più in compagnia di un ragazzo stupendo che la guardava come se fosse la cosa più bella del mondo.

La faceva sentire importante come non aveva mai creduto di essere.

Fu dopo una di quelle serate, mentre rientravano da un delizioso sushi bar (che lui l'aveva convinta a provare, con ottimi esiti nonostante fosse una vera e propria novità per lei), che le cose finalmente arrivarono a un punto di svolta.

«Ormai non ti chiedo più se vuoi salire da me, perché so che rifiuterai...» la punzecchiò lui.

«Mi stupisci, non è da te arrenderti così facilmente» lo provocò.

Lui la guardò con aria incuriosita, cercando di intuire se avesse sul serio cambiato idea.

«Quindi...vuoi salire?»

«No, vado via.»

Lesse la disillusione nei suoi occhi e decise di non farlo soffrire oltre.

«Sto scherzando, per stasera non mi va di scappare. Accetto il tuo invito.»

Lui sorrise, entusiasta.

Quando arrivarono in cima alle scale, Bud udì il portone aprirsi e corse loro incontro, lieto di non essere più solo.

Si lanciò su Angela e le saltò sulle gambe, gemendo e scodinzolando a più non posso, anche se non la vedeva soltanto da poche ore.

«Ma è normale che voglia più bene a te che a me? Piccolo ingrato...» lo rimproverò Lorenzo. In realtà si vedeva che la cosa non gli dispiaceva affatto.

«Beh, tu ci lasci sempre da soli... noi passiamo molto più tempo insieme. Vero, amore mio?» disse lei accarezzando il cucciolo.

Solo dopo aver ottenuto un altro po' di coccole anche da Lorenzo, Bud si calmò e tornò nel suo angolino a sgranocchiare un osso per cani.

«Ti va un caffè o qualcos'altro?» chiese lui.

«No, ti ringrazio. Mi hai fatto già mangiare abbastanza stasera» rispose lei massaggiandosi la pancia piena.

«Esagerata, dovrai fare molto di più per sostenere il mio ritmo!»

Angela in quei giorni aveva scoperto che lui era un vero bongustaio, benché a guardarlo nessuno lo avrebbe detto, dato che era dannatamente in forma. Doveva chiedergli quale fosse il suo segreto.

Si prese di coraggio e divenne seria.

«In realtà, se sono qui è perché da un po' sento il bisogno di essere sincera con te, di rivelarti qualcosa che non ho mai detto a nessuno prima. Devo farlo perché è giusto che tu capisca chi sono, cosa mi ha reso così complicata e diffidente...»

Lui probabilmente avvertì che Angela era molto agitata, perché le fece cenno di sedersi sul divano accanto a lui e, quando lei si avvicinò, le accarezzo il viso e le sussurrò:

«Aspettavo da tanto questo momento. Sono pronto ad ascoltare qualsiasi cosa tu voglia dirmi.»

Il suo tono era rassicurante e Angela si tranquillizzò un po'.

Non era facile per lei parlarne e non sapeva come o se sarebbe arrivata alla fine del racconto, ma lui di certo valeva lo sforzo.

«Da dove comincio? Beh, innanzitutto, devi sapere che il mio nome non è sempre stato Angela.»

Lui la guardò, confuso. Così lei continuò.

«Da piccola mi chiamavo Gemma. Gemma Versaci.»

Lorenzo parve riflettere un attimo. «Mmm, questo nome mi dice qualcosa, è possibile? Non mi viene in mente però in che occasione l'ho già sentito.»

«Speravo che non lo avessi mai sentito, ma sì, purtroppo, mio malgrado, per un breve periodo fui sotto l'occhio dei riflettori. E non per un motivo piacevole. Mia madre...» si interruppe, le parole le morirono in gola. Era più difficile del previsto dirlo ad alta voce.

«Sta' tranquilla, ci sono qui io» le fece coraggio lui, prendendole la mano.

«Mia madre mi rinchiuse senza cibo né acqua in una cantina che era appartenuta ai miei nonni, insieme al mio fratellino neonato» gli rivelò, lottando contro l'istinto che per tutti quegli anni le aveva imposto di tacere e dimenticare.

«Oh mio Dio... adesso mi ricordo qualcosa. Quella bambina bionda, che si credeva fosse stata rapita... allora eri tu?»

«Sì, ero io. Mia madre, per sviare i sospetti da sé, disse che ci avevano rapito. E fece partire una gigantesca caccia all'uomo, un uomo che però non esisteva. La tv mostrò il mio volto per giorni, sperando che qualcuno avesse visto qualcosa.»

«Invece era stata lei… e si scoprì dopo poco, perché una vicina, interrogata dalla polizia, rivelò che tua madre aveva mostrato dei segni di squilibrio e che, anche se non era sicura, credeva di avervi sentiti uscire in macchina tutti e tre insieme» aggiunse Lorenzo, cercando di ricordare i dettagli. «Io andavo al liceo all'epoca, avevo circa quindici anni, ma quel caso mi colpì molto…» spiegò.

Angela abbassò lo sguardo. Aveva sperato con tutta se stessa che quella storia per lui fosse del tutto nuova, che non avesse visto il suo volto, in tv e su tutti i giornali, nel periodo più terribile della sua vita.

«Quella vicina era Betty, la signora che abbiamo incontrato qualche settimana fa mentre passeggiavamo con Bud; ho saputo solo in seguito che fu lei a salvarmi la vita, consentendo con la sua testimonianza di ampliare le indagini e di risalire alla casa di campagna dei miei nonni paterni» disse con tutta la freddezza di cui era capace, per non scoppiare a piangere ricordando quei momenti.

«Non posso immaginare quello che hai passato. Così piccola, chiusa lì sotto con tuo fratello appena nato, sto male al solo pensiero.»

«Lui era il dono più bello che la vita mi avesse fatto fino a quel momento. E l'ho visto morire tra le mie braccia, Lorenzo…» le lacrime iniziarono a rigarle il viso, senza che potesse fare nulla per fermarle.

Si sforzò di proseguire, ormai doveva dirgli tutto. «Non ho smesso di cullarlo e di stringerlo finché non ho avuto più la forza di muovermi o anche solo di respirare. Lui interruppe presto il suo pianto. Piano piano si lasciò andare e alla fine mi resi conto che era freddo, senza vita. Ma non mi arresi e cercai di tenerlo per trasmettergli il mio calore. E vuoi sapere la cosa più grave? Sembrerà talmente stupido, ma mentre ero lì sotto riuscivo a pensare solo al mio cagnolino di peluche, che portavo sempre con me e che invece quel giorno avevo lasciato a casa per la fretta. Mi sentivo spogliata di tutti i miei affetti, è stato devastante.»

«Non è una cosa stupida, eri solo una bambina…»

«Trascorsero quasi tre giorni prima che la polizia arrivasse, anche se io non riuscivo più a distinguere il tempo che passava, o il giorno dalla notte.»

«Come sei riuscita a sopravvivere?»

«Non lo so. In principio ho avvertito soltanto il sopraggiungere della febbre e una sensazione di disorientamento, poi mi sono accasciata e sono rimasta immobile, faticando persino a deglutire. Ero incosciente quando mi hanno trovato, poche ore ancora e sarei morta anch'io. E in quei momenti forse lo avrei persino preferito.»

Lorenzo l'abbracciò e lei appoggiò la fronte sulla sua.

«Non dire così. Adesso sei qui, sei forte, sei riuscita ad andare avanti e ti sei creata la tua strada lontano. Devi esserne fiera. Non è colpa tua per quello che è successo a te o a tuo fratello, sei stata solo una vittima.»

«Hai ragione» sussurrò. «Ma mi sono anche colpevolizzata per un po', pensando che forse avrei potuto evitarlo. Non era la prima volta che mia madre non si comportava, beh… da madre. Poi ho capito che tormentarmi non sarebbe servito a nulla. Feci istanza per cambiare nome, visto che non volevo più avere nulla in comune con la bambina che ero. Scelsi il nome Angela in memoria di Francesco, mio fratello, che per me era diventato un *angelo* troppo presto. E il cognome per come avrei voluto chiamarlo da piccola, Bruno. Non appena ho potuto, mi sono scurita i capelli e ho iniziato a stirarli. Non volevo essere riconosciuta, volevo essere un'altra persona, per ricominciare tutto di nuovo.»

«Posso capirlo. Sappi che eri una bellissima creatura allora, e lo sei ancora di più adesso. Anche io devo rivelarti una cosa, però...»

Angela non riusciva a immaginare di che si trattasse.

«Che cosa?»

«Mia madre, Maria, in quel periodo era un magistrato in servizio presso il tribunale di Reggio Calabria. Ricordo con sicurezza che è a lei che fu affidato il giudizio su tua madre.»

«Non posso crederci...» Angela si sentì mancare la terra sotto i piedi. «Allora io l'ho già conosciuta» constatò.

La madre di Lorenzo era la donna che le aveva fatto delle domande in una stanza a porte chiuse, chiedendole con delicatezza di fidarsi di lei e di raccontarle quello che era successo.

Angela si portò le mani sulla testa, destabilizzata; adesso tutto era chiaro.

Ecco spiegato perché quando aveva visto Lorenzo per la prima volta aveva avuto la sensazione di conoscerlo; ecco perché si era sentita piccola, privata di tutte le forze. Evidentemente lui somigliava molto a sua madre e solo guardandolo quel ricordo era riaffiorato senza che Angela riuscisse a collegarlo all'esperienza del suo passato; mentre le sensazioni inconsce che aveva provato rivelavano incontrovertibilmente la verità.

Quel giorno, al bar, era tornata per un istante a essere la bambina indifesa che aveva perso tutto ciò in cui credeva, che aveva visto la morte in faccia, reggendo il corpo di un neonato inerme mentre entrambi pativano la fame e la sete. Una bambina che doveva raccontare a un giudice che non conosceva quello che aveva provato a essere stata lasciata dalla sua stessa madre in una cantina buia a morire.

Le era servita tutta la forza che non sapeva nemmeno di avere dentro per superare quell'esperienza e per rilegarla in un angolino sempre più microscopico del suo cuore.

E se in quel momento stava permettendo che tutto tornasse fuori prepotentemente, era solo perché teneva davvero a Lorenzo e a ciò che lui le aveva dato nel breve ma intenso periodo della loro conoscenza.

Pur correndo il rischio di rovinare per sempre quello che stavano costruendo.

«Una coincidenza incredibile esserci ritrovati qui, a migliaia di chilometri da casa, senza avere idea che ci fosse già qualcosa che in passato aveva connesso le nostre famiglie...» rifletté lui, arrestando il vortice dei suoi pensieri.

«Già: in pratica, tua madre nove anni fa ha condannato la mia.»

Angela, seduta sul divano con le mani ancora sulla fronte, non riusciva a superare lo shock per la scoperta che aveva appena fatto sulla madre di Lorenzo.

Quella notizia poteva cambiare tutto, poteva rendere la distanza che separava le loro esistenze ancora più abissale.

Come avrebbero potuto i genitori di lui, e soprattutto sua madre, accettare che Lorenzo frequentasse la figlia di una galeotta? Come poteva lui stesso voler continuare quella conoscenza? Decise di non farsi prendere dal panico. Lui era ancora lì. Non le aveva chiesto di andar via e pareva guardarla con gli stessi occhi di prima.

«Dopo essere stata salvata cos'hai fatto? Come sei arrivata fin qui?» le chiese d'un tratto, rompendo il silenzio.

Era sinceramente interessato alla sua vita. E questo lo rendeva ancora più speciale di quanto pensasse.

«Sono stata per qualche anno in una comunità per minori, con altri ragazzi di tutte le età. Eravamo lì in attesa di essere dati in affidamento a qualche famiglia.»

«Scusa se te lo chiedo, ma non avevi un padre? O altri parenti che si prendessero cura di te?»

«Mio padre vive in America, non gli parlavo già da un anno quando tutto è successo. Ero ferma nel non voler convivere con lui, né con nessun'altra famiglia. Tutto ciò che desideravo era emanciparmi e vivere da sola e feci del mio meglio per raggiungere quell'unico obiettivo. Non mi fidavo più di nessuno, capisci? Contavo solo su me stessa. Ed è da allora che ho creato questa corazza, che solo tu finora sei riuscito ad abbattere.»

Lorenzo la strinse forte a sé, senza parlare. Non c'era molto da dire, in effetti.

Lei continuò.

«Fortunatamente, una suora che gestiva la comunità mi prese sotto la sua ala. Aveva capito che facevo di tutto per non essere adottata. Conosceva la mia storia e mi chiese cosa potesse fare per farmi stare meglio. Io le risposi di darmi un lavoro. Anche se non avrebbe potuto farlo, mi assunse clandestinamente come sua aiutante per cucinare, tenere gli altri bambini e fare le pulizie. Mi permise così di mettere da parte i soldi utili a dimostrare al giudice che ero autosufficiente e in grado di iniziare una vita da adulta. Una volta ottenuta l'emancipazione, a soli sedici anni, lasciai senza pensarci due volte la comunità, la scuola e l'intera città. Avevo trovato casa qui a Milano, perché avevo sentito che c'erano molte più opportunità di ottenere un lavoro. Conobbi il Signor Minetti, che all'epoca gestiva il bar da solo, e lo convinsi che nonostante la giovane età ero capace e affidabile. Nel frattempo continuai gli studi in una scuola serale e mi diplomai, perché una delle condizioni per la mia emancipazione era quella di finire la scuola dell'obbligo. Sono passati così quattro anni senza che me ne accorgessi, lavorando al bar e lavorando su me stessa, finché non sei arrivato tu a sconvolgermi la vita. E adesso capisci anche perché non prendo l'ascensore, perché sembro sempre sull'orlo di un burrone quando mi dici di fidarmi di te, perché ho bisogno di un orologio per avere sempre contezza del tempo che passa. Adesso, si può dire, sai tutto di me.»

«Non ho davvero parole. Ti ammiro molto. Ho capito da subito che eri una ragazza incredibile, ma non immaginavo quanto.»

«Dici sul serio? Quello che ti ho raccontato non ti fa ricredere neanche un po'?»

«Solo in positivo.»

Angela era sollevata. Si sentì d'improvviso svuotata dall'interno ed ebbe la necessità di stendersi.

Lorenzo avvertì che non stava bene e la prese in braccio.

«Il divano è piccolo, ti porto a letto, va bene?» le disse teneramente, dandole un bacio sulla fronte mentre la sollevava.

«Scusami, non mi piace mostrarmi così fragile.»

«Sei la persona più forte che conosca, invece.»

Si distese accanto a lei, accarezzandole il viso e guardandola come forse non aveva mai fatto prima.

Angela si rese conto che finalmente non aveva più motivo di reprimere le sue pulsioni. Lui adesso conosceva tutto del suo passato, conosceva il suo presente. Quello che nessuno dei due sapeva era se poteva essere parte del suo futuro.

Forse era arrivata l'ora di scoprirlo.

Si allungò verso Lorenzo e lo baciò. Lui sembrava incerto, forse si faceva degli scrupoli in più, dato quello che lei gli aveva rivelato; o forse aveva paura che lei non fosse nella condizione emotiva migliore per prendere delle decisioni.

Ma Angela non era mai stata più sicura di qualcosa in vita sua.

Cercò di fargli capire l'urgenza che provava nel voler avvertire quel contatto così profondo con un uomo.

Si strinse di più a lui, facendo in modo che i corpi aderissero completamente, baciandolo con ancora più foga e desiderio, e anche Lorenzo a quel punto si lasciò andare.

Angela sfilò via il suo maglioncino, restando con il reggiseno di pizzo nero che aveva acquistato mesi fa e mai indossato prima di quella sera.

«Sei proprio sicura di volerlo?» le chiese lui, visibilmente preoccupato, nonostante il suo sguardo rivelasse la voglia che aveva di lei.

«Sono sicura» rispose, mentre iniziava a sbottonare la camicia di lui.

Una volta nudi, Angela si fermò per ammirare il suo corpo, passando una mano sui suoi pettorali. Era tonico ma non troppo scolpito, proprio come l'aveva immaginato.

«Sei bellissima, lo sai?» le sussurrò lui.

«Lo pensi davvero?»

«Certo.»

«Ti dispiace se ti chiedo di lei?»

«Lei chi?»

«La tua ex… mi chiedevo com'è, fisicamente…»

Lorenzo parve stranirsi e Angela si maledisse per essere così stupida da rovinare quel momento con le sue ossessioni.

«Perché me lo chiedi? Se è perché ti senti insicura, sappi che non ne hai alcun motivo, sei semplicemente perfetta.»

«Solo una curiosità, scusami. È stata una domanda totalmente inopportuna…»

Alla fine, però, da gentiluomo quale era, lui decise di assecondarla.

«Siete abbastanza diverse» rispose. «Lei è più bassa, castana, con i capelli corti. Meno formosa anche. Contenta ora?»

«Fai finta che non te l'abbia chiesto.»

«Troppo tardi…» la prese in giro.

Angela si avvicinò di nuovo per superare l'imbarazzo che lei stessa aveva creato, baciandogli il collo, tastando e assaporando ogni fibra del suo corpo. Voleva imprimere quelle sensazioni nella sua mente per sempre, a prescindere da come sarebbe andata dopo.

Lorenzo le baciò i seni, scendendo sempre più giù, provocandole dei brividi di piacere. Dopo un po' si posizionò sopra di lei e Angela avvertì il suo membro che penetrava lentamente.

Era un po' tesa, temeva di provare dolore, ma lui si rivelò estremamente delicato. Quando lei si tranquillizzò, aprì di più le gambe, lasciandolo entrare in profondità.

Un piccolo dolore la fece bloccare e subito dopo sentì un rivolo di sangue che le scendeva sulla coscia.

«Tranquilla, è normale» le disse lui. «Hai perso la tua verginità.»

Dopo quel momento, tutto fu più piacevole. Lorenzo si muoveva sopra di lei e Angela cercò di assecondare con il corpo il suo ritmo, sempre più energico e incalzante.

Un piacere intenso la colse poi all'improvviso, partendo dal basso e diffondendosi dappertutto, fino a invaderle la mente.

Quando anche Lorenzo raggiunse l'orgasmo, si abbandonò sul letto accanto a lei.

«Stai con me stanotte…» le disse guardandola profondamente e scostandole i capelli dal viso.

«Non c'è nessun altro posto in cui vorrei andare» gli rispose.

Lui sorrise e le baciò dolcemente le labbra, avvicinandola a sé.

Restarono così, nudi e abbracciati per ore, con la testa di lei appoggiata nell'incavo della sua spalla.

Mentre ascoltava il respiro di Lorenzo che rallentava e il corpo che si abbandonava al sonno, il cuore di Angela sembrava potesse esplodere di gioia da un momento all'altro.

Non credeva fosse possibile arrivare a una tale intimità con qualcuno, congiungere il proprio corpo a un altro in modo così profondo.

Per una volta, le sue aspettative non erano state deluse. Forse c'era ancora speranza per lei di essere felice.

Intanto, all'esterno il buio lasciava lentamente posto all'albeggiare.

CAPITOLO XVII

Era già arrivato il fatidico lunedì mattina, la settimana ricominciava e i mille impegni di Lorenzo si accumulavano nella sua mente, mentre, dal caldo del suo letto, non voleva far altro che ripensare al suo weekend con Angela.

Il racconto del suo passato l'aveva sconvolto molto più di quanto non le avesse dato a vedere. Aveva cercato di dire la cosa giusta, quella che non la facesse in alcun modo pentire di essersi aperta con lui, perché era felice che si fosse finalmente decisa a confidarsi.

Però la verità era che non sapeva come gestire qualcosa di così forte, una storia così drammatica.

Lui aveva avuto un'infanzia perfetta, una bella famiglia; tutto ciò che chiedeva gli veniva concesso e in cambio doveva solo comportarsi bene, essere un bravo figlio e fare il suo dovere.

Lei invece sapeva cosa volesse dire soffrire, essere soli al mondo, faticare per crearsi una strada dal nulla. L'ammirava davvero. E si era messo in testa che voleva darle tutto quello che la vita le aveva portato via.

La loro prima volta, poi, era stata così intensa. Lorenzo adorava il fatto che lei fosse rimasta a dormire con lui, aveva contribuito a incrementare la loro intesa.

La mattina dopo, appena svegli, avevano fatto l'amore un'altra volta. Sembrava non bastasse mai. Erano stati insieme tutto il giorno, a ridere, scherzare, non avevano più parlato di cose tristi e Angela gli aveva anche preparato un ottimo pranzo.

Erano molto più complici da quando lei finalmente si era liberata dal suo macigno e Lorenzo sentiva che il loro rapporto sarebbe solo potuto migliorare.

L'unica nota negativa di quella stupenda domenica era stata sua madre.

L'aveva chiamato in serata, poco dopo che Angela era andata via. Lorenzo era ancora su di giri per i bei momenti che aveva passato e, colto dall'entusiasmo, aveva avuto la stupida idea di parlarle di lei.

«Mi sembra giusto dirti che ho conosciuto una ragazza e che ci troviamo molto bene insieme» aveva osato rivelarle.

Ovviamente per il momento non le avrebbe detto altro su chi Angela fosse realmente, voleva solo preparare la strada e farla abituare all'idea che ci fosse qualcuno nella sua quotidianità.

«Ma come? Ti sei già dimenticato di Sara?» era stata la sua risposta.

«Mamma, Sara mi ha lasciato mesi fa. Ho il diritto di rifarmi una vita, non credi?»

«Vabbè, magari potresti cambiare idea.»

«Di cosa stai parlando?»

A volte lo faceva uscire fuori di testa con quelle affermazioni da "so tutto io".

«Dico solo di non prendere decisioni affrettate finché non hai tutti gli elementi.»

«Fai sempre così quando succede qualcosa che non rientra nello schema perfetto che hai creato e che cerchi di attribuire a ognuno di noi. Beh, sai che c'è? Io ormai ne sono fuori. Ragiono da solo e prendo le decisioni che voglio.»

Si rendeva conto di aver esagerato e che a lei quella reazione poteva sembrare ingiustificata, ma non sopportava che sua madre mettesse in discussione neanche per un secondo la sua scelta di frequentare Angela. Era la cosa più bella che gli stesse capitando e voleva farlo sapere al mondo intero.

«Non parlare così a tua madre» lo aveva sgridato, come fosse ancora un bambino.

«Come stanno papà e Lisa?» aveva cambiato argomento lui.

Lisa era la sua sorellina diciottenne, che stravedeva per lui. Non avevano un rapporto molto stretto, perché, data la differenza d'età di sei anni, ognuno dei due era concentrato sulla propria vita e lasciava poco spazio all'altro per farne parte, ma di certo si volevano un gran bene e non avevano mai litigato sul serio.

«Lisa ha iniziato proficuamente l'università. Ha preso già un bel trenta e lode in diritto romano e ci ha resi orgogliosi.»

Era forse una frecciatina per lui che invece, secondo il giudizio di sua madre, non stava facendo del suo meglio? In ogni caso l'aveva ignorata.

«Sono contento per lei, falle i miei complimenti.»

«Tuo padre al solito, sommerso da mille scartoffie.»

Giorgio, suo padre, svolgeva mansioni di direttore presso una banca e anche quando non era al lavoro stava sempre con il naso su un numero infinito di documenti.

«Salutameli e di' loro di chiamarmi ogni tanto. Non è giusto che sia sempre solo tu a fare da portavoce.»

«Fingerò di non sentirmi offesa.»

Quel rapporto a distanza con sua madre non stava funzionando per niente, aveva pensato lui.

Era ancora in pigiama nel letto, incapace di uscire da sotto le coperte, quando Bud si agitò sulla cuccia, guardando l'ingresso.

Il cellulare indicava che erano quasi le otto e un quarto di mattina, era ancora in tempo per vestirsi, scendere a fare colazione, lasciare il cucciolone con Angela e andare ad assistere a un'udienza in tribunale con il suo *dominus*.

Inaspettatamente, però, Bud iniziò ad abbaiare. Non lo faceva mai senza motivo.

«Che succede, amico?» gli chiese, come se lui potesse rispondergli.

Un istante dopo, suonarono al campanello interno del suo appartamento.

Non immaginava di certo di ricevere visite, tantomeno a quell'ora.

Si alzò e si avviò verso l'ingresso senza neanche cambiarsi.

«Chi è?»

«Servizio in camera» rispose una voce femminile vagamente camuffata.

Gli sembrò strano, non poteva essere Angela, che sicuramente in quel momento era al lavoro.

Aprì la porta e si trovò davanti il corpo di una ragazza la cui parte superiore era coperta da un grande cartellone in cui lesse, a caratteri cubitali:

I'M SORRY
(mi dispiace)

Il cartellone scese giù, rivelando un volto che non pensava avrebbe rivisto così presto.

Sara era davanti a lui, con gli occhi imploranti e un lieve sorriso imbarazzato.

Bud si precipitò verso di lei, abbaiando e ringhiando.

«Buono, Bud, vai a cuccia» lo esortò a calmarsi. Poi si rivolse a lei, senza nascondere la sua sorpresa. «Che ci fai qui? Chi ti ha fatto entrare?»

«È tutto quello che hai da dire? Non sei felice di vedermi?» gli chiese lei, con evidente delusione.

«Sono solo confuso, scusa. Non mi aspettavo il tuo arrivo…»

«Per rispondere alle tue domande: volevo farti una sorpresa. Ho beccato una signora in strada che entrava nel palazzo e le ho chiesto se poteva farmi salire. Tua madre mi aveva dato l'indirizzo. Mi ha detto anche che adesso hai un cane. Ciao, piccolo, piacere di conoscerti» si piegò leggermente per salutarlo.

Bud era diffidente e si nascose dietro Lorenzo, sporgendo la testa e continuando a ringhiare appena.

«Mia madre? Lei sapeva tutto?»

All'improvviso assumevano un significato le sue frasi sibilline sul cambiare idea e sul non avere tutti gli elementi. Stava reggendo il gioco a Sara e sicuramente era stata spiazzata nel sapere che lui frequentava un'altra ragazza.

Non ci voleva proprio. Lorenzo era totalmente destabilizzato e non sapeva come comportarsi.

«Non mi inviti neanche a entrare? Cos'è, vivere da solo ti ha reso maleducato?» lo provocò Sara.

Lorenzo si fece da parte e lei entrò, trasportando con sé il suo bagaglio a mano, che lasciò all'ingresso insieme al cartellone.

«Hai già fatto colazione?» le chiese.

Ogni cosa da dire o da fare gli suonava strana e assurda in quel momento. Eppure aveva davanti la persona con cui aveva condiviso tutto, la persona che lo conosceva meglio al mondo. Ma che ormai gli sembrava distante anni luce.

«No, sono venuta subito qui dall'aeroporto. Un caffè lo gradirei, grazie. E se hai anche una delle tue solite merendine, te la rubo.»

Lorenzo aprì la credenza per tirar fuori biscotti e merendine, poi mise la macchinetta sul fuoco e lei si accomodò su una sedia in cucina.

«Mi è mancato vederti in pigiama» scherzò.

Lorenzo non si era neanche reso conto di essere ancora in quelle condizioni.

«Già, mi hai colto di sorpresa e non ho avuto occasione di cambiarmi. Non mi hai ancora detto perché sei qui, comunque.»

«Mi fa male vederti così freddo con me…» iniziò lei, ormai quasi rassegnata. «E lo so, me lo merito, sono stata io a lasciarti e ad andare via. Ma ho capito subito di aver commesso l'errore più grande della mia vita.»

Lorenzo d'istinto si voltò per rivolgersi ai fornelli e chiuse gli occhi, provato da ciò che aveva sentito. All'inizio aveva sperato così tanto che lei tornasse, che dicesse quelle parole. Perché non avevano più lo stesso significato ormai?

Forse perché quell'unico mese a Milano era riuscito a cambiare tutto per lui. Maledetto tempismo.

«Non riesci nemmeno a guardarmi?» gli chiese Sara.

«Non è così semplice» rispose lui, ma si girò di nuovo verso di lei.

«Non ti ho mai dimenticato, Lory, e Dio sa se ci ho provato. Avevo preso la decisione di troncare la nostra storia perché non volevo vincolarti a me, volevo che fossi libero di fare le tue esperienze, come io le mie. Ma poi, rimasta sola, non sono riuscita ad andare avanti. Pensavo solo a te, nessun altro poteva reggere il confronto con quello che siamo stati…»

Lorenzo la guardava in silenzio, era veramente affranto.

«Lo stage si è rivelato più duro del previsto, il mio umore sempre più sotto i piedi…volevo solo tornare a casa, tornare da te.»

«Ma perché in questi mesi non ti sei fatta mai sentire? Io non potevo immaginare che tu stessi così male…»

«Lo so. È perché sono testarda, mi conosci. Ho lottato contro me stessa per non mollare, per portare a compimento quello che avevo iniziato. Se avessi sentito la tua voce, di sicuro mi sarei arresa. E non volevo farlo finché non sono arrivata al limite, qualche giorno fa. Ed eccomi qui, a implorarti di perdonarmi per essere stata così stupida da rinunciare all'unica persona che io abbia mai amato.»

Gli occhi di Sara si riempirono di lacrime. Lorenzo odiava vederla piangere, soprattutto se per causa sua. Si avvicinò e si sedette di fronte a lei, prendendole le mani.

Sara probabilmente fraintese il suo tentativo di consolarla, scambiandolo per una ritrovata intimità tra i due, e di colpo si spostò verso di lui, avvicinandosi fino a baciarlo sulla bocca.

Il contatto con le sue labbra che un tempo gli erano così familiari intontì Lorenzo per un lungo istante, in cui non gli sembrò più tanto sbagliato concedersi di ricambiare il suo bacio.

Mentre Sara lo baciava, però, il pensiero volò ad Angela. A tutto quello che aveva provato con lei, a ciò che lei aveva subìto. Non poteva farle questo.

Delicatamente, spinse via Sara.

«Non posso…» sussurrò, lottando contro la parte più istintiva di sé che lo spingeva a cedere.

«Perché no?» singhiozzò lei. «Non sono degna di una seconda possibilità?»

«Non è questo… il fatto è che le cose sono cambiate da quando sono qui.»

Sara sobbalzò. All'improvviso una tremenda consapevolezza parve impadronirsi di lei.

«Non dirmi che hai già trovato un'altra…»

Lorenzo abbassò gli occhi. L'ultima cosa che avrebbe voluto era farla soffrire. Ma era giusto che fosse sincero.

Aprì la bocca per dire qualcosa, la verità, ma lei scattò in piedi impedendogli di cominciare.

«Non posso crederci. Come hai potuto dimenticare tutto in così poco tempo? Com'è possibile che lei sia diventata più importante di quello che avevamo? Tanto da farti ritrarre, da rifiutarmi. Mi sento così umiliata a essere venuta fin qui, quando è evidente che tu non vuoi avere più nulla a che fare con me.»

A quel punto, si voltò di scatto e scappò via, lasciando la sua valigia lì dov'era.

«Sara, aspetta...» la chiamò sull'atrio.

Ma lei era già sulla rampa delle scale e non si fermò.

Angela guardò l'orologio a forma di tazzina da caffè affisso su una parete del bar. Le otto e trenta erano passate da un pezzo e di Lorenzo non c'era ancora neanche l'ombra.

Era la prima volta che accadeva. Sperò che non fosse successo niente di preoccupante.

Per naturale inclinazione, tendeva sempre a pensare al peggio, ma ormai stava cercando di smettere. Magari semplicemente non aveva sentito la sveglia quella mattina. Il risveglio del lunedì poteva essere traumatico per qualcuno.

Stava per andare a prendere il cellulare per chiamarlo, quando si rese conto che una ragazza in lacrime si era appena seduta su uno sgabello del bancone.

Non era giusto farla attendere, per di più considerando il suo evidente turbamento.

«Ciao, tutto bene? Posso fare qualcosa per te?» le chiese dolcemente, cercando di alleviare il suo dolore.

Lei la guardò con gli occhi gonfi e arrossati.

«Se non puoi far sì che il mio ex ragazzo torni sui suoi passi e mi riprenda con sé, allora no, purtroppo, non puoi fare niente per me» rispose.

«Mi dispiace, quello non credo di poterlo fare» disse Angela, sinceramente rattristata. «Ma ti posso almeno preparare un caffè, un cappuccino? Sono sicura che le cose dopo andranno meglio.»

«Non credo. Ma va bene un caffè, non ho avuto neanche il tempo di prenderlo da lui. Mi ha fatto capire che ha già un'altra, dopo tutti gli anni che siamo stati insieme. Non riesco a credere che gli sia bastato così poco tempo...»

Sentendo quelle parole, Angela si immobilizzò.

Era frutto della sua folle immaginazione o era possibile che stesse parlando di Lorenzo?

La guardò meglio. Mora, con i capelli mossi che le arrivavano fin sotto le orecchie, bassina…corrispondeva perfettamente alla descrizione che lui le aveva fatto della sua ex ragazza.

Decise di stare calma e di non saltare a conclusioni affrettate.

La sua ex in quel momento avrebbe dovuto essere chissà dove all'estero, era improbabile che fosse tornata all'improvviso e che si trovasse proprio davanti a lei.

Notando che Angela era ancora ferma a fissarla, la ragazza si ricompose.

«Scusami, so che non ha senso raccontare queste cose a una sconosciuta. Ma sono appena arrivata da un lungo viaggio e non so dove altro andare, non conosco nessuno qui a parte lui.»

Quell'assurda teoria stava diventando lentamente sempre meno assurda, man mano che lei parlava.

Se poi si aggiungeva il fatto che Lorenzo quella mattina non si era ancora fatto vedere, i suoi sospetti potevano davvero essere fondati.

«Non ti preoccupare, resta quanto vuoi» disse, mentre un brivido le attraversava il corpo.

Preparò il caffè più agitato della sua vita e poi corse a prendere il cellulare dalla tasca del suo cappotto.

C'era un nuovo sms non letto, da parte di Lorenzo:

Quando finisci il turno puoi passare da me? Devo parlarti.
Nulla di grave, tranquilla.

Carino da parte sua aggiungere quell'ultima frase, sapendo che lei si sarebbe preoccupata.

Ma se era come pensava, era grave eccome.

La sua ragazza storica, il suo primo amore, era tornata e lo rivoleva con sé.

Il mondo le stava nuovamente crollando addosso, proprio quando aveva creduto che fosse finalmente meritevole di un po' di felicità.

Ci era cascata di nuovo, si era illusa come quando era bambina che per lei le cose potessero andar bene.

Ed ecco che il destino era intervenuto per distruggere tutto. Per dirle che la mano vincente non era mai la sua.

Indossò la sua perfetta maschera di indifferenza, che negli ultimi tempi aveva scioccamente deciso di abbandonare, per concentrarsi il più possibile sulle sue mansioni.

Dopo poco, la ragazza ricevette una chiamata, lasciò un euro sul bancone e corse via per rispondere.

Angela la guardò mentre si allontanava. Nonostante la bassa statura, era davvero molto carina, pensò, oltre che fine nei modi. E sembrava anche intelligente e intraprendente. Poteva capire perché Lorenzo avesse scelto una come lei.

Sicuramente, era la persona più giusta per lui. Aveva un brillante futuro davanti a sé e nessun passato ingombrante.

Se teneva davvero a lui, se addirittura aveva iniziato a sentire di amarlo, doveva lasciarlo andare.

Passò tutta la mattinata a convincersi che era quella la decisione da prendere.

Quando alle quattordici e qualche minuto salì da lui, aveva già ricostruito quasi completamente tutta la sua vecchia e cara corazza di ghiaccio.

«Sei venuta… non sai che mattinata ho passato» le disse lui, accogliendola con il suo bel sorriso. Era straziante.

Restando sull'uscio, Angela vide una valigia rosa accostata all'ingresso e un grosso cartellone adagiato al muro.

Bud le corse incontro, come sempre. Ma questa volta Angela non riusciva a fargli le solite moine, si sentiva morire dentro e neanche l'affetto che provava per lui poteva esserle d'aiuto.

«Qualcosa la so» rispose lei. «L'ho incontrata.»

«Hai visto Sara? Mi dispiace, Angela, non volevo che lo sapessi così, che ti facessi strane idee. Il fatto è che mi ha colto alla sprovvista stamattina, ma è stata qui pochi minuti. Ero ancora in pigiama quando Bud ha deciso di lasciarmi i suoi bisogni come ricordino, perché giustamente non l'avevo ancora portato fuori. Così ho pulito velocemente e per non arrivare in ritardo all'udienza non sono passato dal bar, l'ho lasciato a casa. Ho avuto solo il tempo di scriverti un veloce sms per non farti preoccupare. Poi l'avvocato mi ha chiesto di fare delle commissioni e sono rientrato da poco, non sono neanche andato a lezione per vederti.»

«Sta' tranquillo, non mi devi alcuna spiegazione.»

«Ma cosa dici? Perché ti comporti così? Non è successo niente, lei ha capito che le cose sono cambiate ormai. Io voglio stare con te.»

«Ma lei è l'amore della tua vita, me l'hai detto tu stesso.»

«Ti ho detto che credevo fosse l'amore della mia vita, Angela…»

Si avvicinò a lei per abbracciarla, ma lei si ritrasse.

«Pensaci, almeno, ti prego» lo esortò, ignorando il dolore al cuore che quelle parole le provocavano. «Pensa a cosa vuoi davvero. Da una parte c'è una ragazza con cui hai trascorso gli anni migliori della tua vita e che ti ama ancora, dall'altra una cameriera problematica che conosci appena… abbiamo passato dei bei momenti, non lo nego. Ma magari non eravamo destinati a essere qualcosa di più.»

«Non posso credere che tu mi stia dicendo queste cose. Forse lo fai solo per proteggere te stessa e lo capisco, ma io so già quello che voglio. Non impedirmi di dimostrartelo, è esattamente ciò che fece lei tempo fa.»

«Io ti chiedo solo di prenderti del tempo per esserne sicuro. Fallo per me. E soprattutto, promettimi che non sarai minimamente condizionato da quello che ti ho raccontato. L'ultima cosa che vorrei è che tu scegliessi di stare con me per pietà. Io starò bene comunque, non devi preoccuparti. Mi pento persino di avertene parlato, a questo punto.»

«Era proprio quello che non volevo accadesse. Non deludermi, Angela. Tu non sei questa…»

«Sono una persona che ti vuole bene al punto da rinunciare a te, perché penso che sia la cosa migliore.»

«Lascia decidere me quale sia la cosa migliore.»

«Lo farò. Ti aspetterò. Ma anche tu fai quello che ti ho detto.»

Si voltò e andò via. Dalla cima delle scale, si girò a guardarlo e vide la sua espressione realmente tormentata; si dispiacque per lui, ma di più per se stessa, per averci creduto ancora una volta.

CAPITOLO XVIII

Lorenzo era scosso dal confronto con Angela, non si sarebbe mai aspettato una reazione come quella da parte sua.

E pensare che nonostante l'amore che aveva provato per Sara fino a pochi mesi prima, neanche vederla implorante di fronte a lui gli aveva fatto venire un reale dubbio. Angela era la persona a cui aveva pensato mentre Sara lo baciava, era colei che l'aveva fatto stare in ansia tutta la mattinata riflettendo su come parlarle di quel ritorno improvviso, e l'aveva messo in crisi anche in quel momento, dopo che praticamente gli aveva detto di ripensarci e di non scegliere lei.

Era una ragazza dannatamente complicata. Questo lo sapeva e l'aveva accettato.

Ma lui era determinato ad abbattere le sue difese, a renderle la vita migliore, e ci stava addirittura riuscendo prima che accadesse tutto quel disastro.

Si appoggiò alla testata del letto, ripensando a ciò che era successo quella mattina, alle parole che entrambe gli avevano detto.

E se fosse davvero stato troppo affrettato nel suo giudizio? Se avesse preso una decisione di cui poi si sarebbe pentito amaramente?

Sua madre, i suoi amici, persino suo padre gli avrebbero consigliato senza alcun dubbio di tornare con Sara. Loro erano stati per lungo tempo testimoni del loro amore, nato fra i banchi di scuola, e sicuramente pensavano che fosse lei la sua anima gemella, la persona *giusta*.

L'avrebbero preso per pazzo se avesse rivelato loro che voleva rinunciare a lei per una ragazza appena conosciuta, con la quale non aveva alcuna certezza di stabilità.

Quella magnetica attrazione che lui e Angela provavano reciprocamente, forse, sarebbe potuta svanire prima o poi; o lei avrebbe potuto decidere che lui non le faceva più bene e che sarebbe stato meglio finirla lì, come in un certo senso aveva fatto pochi minuti prima.

E si sarebbe ritrovato di nuovo solo, senza potersi più guardare indietro.

Ma nella sua vita Lorenzo aveva sempre preso decisioni di pancia, senza starci troppo a pensare.

Era l'istinto che l'aveva sempre guidato e, fino ad allora, non aveva mai sbagliato.

Perfino Bud, che lo guardava con gli occhioni dolci dalla sua cuccia, era stato il frutto di una di quelle scelte azzardate. E adesso invece non poteva immaginare di fare a meno di lui, gli aveva cambiato la vita.

Il citofono suonò e Lorenzo capì che doveva essere Sara.

Le aveva telefonato dopo aver scritto ad Angela, quella mattina, per renderla partecipe dei suoi impegni e dirle di tornare da lui nel pomeriggio.

Aveva pensato che, una volta avvertita Angela e spiegatale la situazione, avrebbe potuto concedersi il tempo necessario per far calmare Sara ed essere chiaro con lei. Non poteva certo lasciarla a vagare da sola per la città. E oltretutto lei doveva ancora riprendersi la sua valigia, che giaceva immobile all'ingresso da ore e sembrava quasi esser lì a voler ricordare a Lorenzo ciò che stava per perdere per sempre.

Bud, intuendo che avrebbero ricevuto nuovamente una visita, iniziò a borbottare.

«Giornata movimentata, eh, tesoro? Non dirlo a me» gli disse, mentre lui lo guardava incuriosito, in cerca di risposte su chi fosse il loro ospite, stavolta.

Sara arrivò sulla porta, lucente come era sempre stata, con i suoi accessori coordinati ai vestiti e i tacchi alti per rimediare al suo, forse unico, difetto fisico. Aveva con sé un numero imprecisato di buste con impresse le marche di vari negozi di abbigliamento: Zara, Berskha, Intimissimi.

«Mi sono consolata con lo shopping e ora va molto meglio» gli annunciò col sorriso, entrando.

Sembrava essersi davvero tranquillizzata, visto che aveva anche la voglia di scherzare.

«Tutto bene? Mi dispiace di averti dovuto lasciare da sola per così tanto tempo.»

«Non è esattamente per questo che dovresti essere dispiaciuto per me. Comunque nessun problema, ho fatto un bel giro al centro di Milano, ho rivisto il meraviglioso Duomo, la Galleria, le strade piene di gente e di negozi, è stato bello. Mi sono distratta.»

«Hai fatto bene. Lascia tutto lì. Ti preparo il caffè che non hai potuto prendere stamattina.»

«Grazie.»

Era davvero arduo uscire da quella situazione, pensò Lorenzo.

Ma doveva provarci.

«Sara, voglio essere sincero con te, te lo meriti. È vero, ho conosciuto una persona e anche se non era previsto né calcolato sto iniziando a provare qualcosa per lei. Per questo la tua visita improvvisa mi ha spiazzato così tanto.»

«Va bene, tranquillo. Non dovevo scattare in quel modo, ho sbagliato io, per l'ennesima volta. Era comprensibile che tu fossi andato avanti, te l'avevo chiesto io stessa. Solo non mi aspettavo minimamente che fosse successo così presto, sono stata ingenua. Credevo che per te fosse stato difficile quanto lo è stato per me.»

«È stato così, infatti. Ma tu eri stata chiara, non mi hai lasciato neppure uno spiraglio. E io ho dovuto fare il possibile per dimenticare la nostra storia. Sono venuto in questa città solo per non dover rivedere tutti i giorni i posti che frequentavamo, i nostri amici comuni, la tua famiglia. Lì tutto mi ricordava te. E non volevo farmi del male.»

«Hai ragione tu. È stata solo colpa mia.»

Sara era distrutta, di nuovo sull'orlo delle lacrime. E il cuore di Lorenzo era in mille pezzi nel vederla in quello stato.

Cosa doveva fare? Era ancora così sicuro di non volerle dare un'altra chance?

Lei per lui rappresentava certezza, famiglia, casa.

Un mese prima l'avrebbe riaccolta con sé a occhi chiusi, l'avrebbe perdonata senza pensarci due volte per essere stata così superficiale e impulsiva.

Ma ora tutto era diverso, ora lui era diverso.

Angela l'aveva stravolto completamente. E sì, scegliere di stare con lei era un salto nel vuoto. Ma non voleva vivere col rimpianto, pensando a come sarebbe stato buttarsi, rischiare tutto, provare l'ebbrezza di precipitare.

«Mi dispiace tanto, credimi. Non è mai stata mia intenzione farti soffrire. Ti ho amato davvero, eri tutto per me. Ma non posso ignorare quello che sento, non sarebbe giusto neanche nei tuoi confronti.»

Sara annuì, trattenendo il pianto.

«Ok, basta adesso» disse asciugandosi una lacrima che le rigava il viso. «Raccontami qualcos'altro, come ti trovi qui? Cosa stai combinando?» cercò di sdrammatizzare.

Lui iniziò a descriverle le sue giornate piene e parlarono del più e del meno per ore, come due amici che si ritrovano dopo tanto tempo e scoprono che nulla tra loro è cambiato realmente in quel periodo.

L'imbarazzo si sciolse completamente e anche lei gli raccontò alcuni aneddoti della sua permanenza a Sydney, le crisi quando le affidavano dei compiti troppo complicati, i colleghi avvoltoi.

Si fece buio e Sara gli disse che non aveva ancora trovato un posto in cui stare per la notte, chiedendogli se poteva indirizzarla da qualche parte.

Lorenzo era combattuto, pensando ad Angela e a come avrebbe potuto prendere la cosa, ma decise che non sarebbe stato un bel gesto, da parte sua, lasciare andare Sara a dormire chissà dove, quando lui aveva la possibilità di farla rimanere a casa sua.

«Tranquilla, puoi restare qui per stanotte, se vuoi» le comunicò.

«Sei sicuro? E la tua ragazza come la prenderà?»

«Lei capirà. O almeno lo spero.»

In realtà non era affatto certo che Angela avrebbe capito, né che lui sarebbe riuscito a farla tornare sui suoi passi. Aveva una paura folle di perderla, proprio quando le cose tra loro avevano iniziato a essere così tremendamente intense ed emozionanti.

Avrebbe fatto di tutto per riconquistare la sua fiducia, ovviamente non appena il "problema Sara" fosse stato archiviato.

«Passami il tuo computer, per favore. Voglio prenotare un volo per domani» gli chiese lei.

«Hai già deciso cosa farai?»

«Tornerò a casa, a Messina. Farò pratica e cercherò di trovare un lavoro in qualche studio di ingegneria o magari in un'azienda. Me la caverò.»

«Non ho dubbi. Sei una delle persone più in gamba che conosca.»

«Ma non mi sento comunque abbastanza per te» disse lei amaramente.

«Non pensarlo mai. Andrà meglio, vedrai.»

«Grazie comunque, Lory. Di essere come sei, di tutto.»

Era devastante vederla così giù, sentirsi chiamare in quel modo, come faceva solo lei, e non poter far nulla per cambiare le cose senza che qualcuno restasse ferito.

«Ti auguro di essere felice» le disse. Lo pensava davvero.

Fuori aveva iniziato a piovere furiosamente.

Ordinarono una pizza a domicilio per cena e poi lei gli chiese di prestarle una delle sue t-shirt per dormire, perché non voleva disfare il bagaglio, visto che il volo era alle 7:30 della mattina successiva.

Era successo altre volte, in passato, che lei mettesse i suoi vestiti per dormire o anche solo per stare in casa dopo i loro momenti di intimità; Lorenzo aveva sempre trovato la cosa molto sexy. Questa volta, invece, avrebbe preferito dirle di no.

Mentre Sara, dandogli le spalle, si accoccolava in un'estremità del letto con la maglietta di Lorenzo che le copriva gran parte del corpo, lasciandole però scoperte le gambe da metà coscia in giù, lui tentò di reprimere sul nascere il desiderio di abbracciarla e di rannicchiarsi insieme a lei, come avevano fatto milioni di volte durante la loro lunga storia d'amore.

Ancora una volta pensò ad Angela, a cosa avrebbe provato sapendoli insieme in quella situazione, anche se non stavano facendo niente.

Sara, comunque, mantenne rispettosamente le distanze e si addormentò presto, sicuramente stremata anche lei da quella giornata piena.

Lorenzo, invece, non aveva sonno. Ascoltando il rumore della pioggia che si riversava incessantemente sulla città, prese il cellulare e rimuginò su Angela, su quello che sentiva per lei, su come poter migliorare la situazione.

Sdraiata al buio con gli occhi aperti, Angela si chiedeva perché, da quando aveva conosciuto Lorenzo, dormire per lei stava diventando così difficile.

Tra i pensieri angosciati che aveva avuto all'inizio, quelli disinibiti che le spuntavano in mente quando ricordava i loro baci e tutto il resto, e quelli di tremenda disperazione che stava covando quella sera, praticamente lui le aveva fatto completamente perdere il sonno. Per un motivo o per un altro, la notte era diventata sua nemica.

Era stata una pazza, lo sapeva, a spingere Lorenzo tra le braccia della sua ex, senza provare neanche per un attimo a tirare acqua al suo mulino.

Ma voleva il meglio per lui. E il meglio certo non poteva essere lei.

Eppure, lui era stato così dolce quel pomeriggio, prima che lei rovinasse tutto come al solito.

Aveva cercato di abbracciarla, di non farle temere il peggio. Ma purtroppo senza risultati.

«Io voglio stare con te» le aveva detto, e ancora: «Lascia decidere me quale sia la cosa migliore».

Le sue parole le rimbombavano nella testa. Sembrava così sicuro, ma come poteva essere possibile?

Sara era tornata per lui, era in lacrime per lui. Se Angela aveva già avvertito una sorta di competizione impossibile con quella ragazza quando lei nemmeno era nel loro stesso continente, figuriamoci dal momento in cui se l'era ritrovata davanti, in carne e ossa, mentre le diceva che voleva riprenderselo.

In ogni caso, ormai Angela l'aveva sicuramente deluso nel profondo. Gli aveva detto che si era pentita di avergli raccontato la sua storia, che non erano destinati a essere altro, era stata spietata.

E a pensarci, forse si era comportata anche lei come Sara quando l'aveva lasciato senza dargli la possibilità di opporsi, stando a quanto lui le aveva raccontato.

Con la sua stupidità, l'aveva di certo fatto ricredere su di lei, su tutto.

Doveva farsene una ragione e tornare alla sua vita prima di lui. Non sarebbe stato difficile.

In principio non c'era nulla; e il nulla sarebbe tornato per lei.

Sarebbe stata una nuova sé, Angela 2.0. Era brava in quello, l'aveva già fatto.

Era risorta da situazioni decisamente peggiori.

Chiuse gli occhi. Dormire per tutta la notte sarebbe stato il primo passo del suo prossimo cambiamento.

Non trascorse neppure un istante che il suo cellulare squillò, facendola saltare in aria nella quiete della sua stanza.

Aveva paura di prenderlo e di leggere cosa lui le aveva scritto.

Sono tornato con Sara, mi dispiace.
È stato bello finché è durato, addio.
Lorenzo.

Questo era quello che immaginava avrebbe letto.

Invece, contrariamente alle sue previsioni, il testo del messaggio le fece battere il cuore all'impazzata.

«Piove silenzio tra noi, vorrei parlarti ma te ne vai.»
Ormai ci sei solo tu nei miei pensieri. Ti prego, torna.
Sono innamorato di te.

Angela si mise le mani sugli occhi e restò immobile, mentre sentiva che sarebbe potuta impazzire d'amore.

Poiché non riusciva a credere a ciò che aveva visto, rilesse il messaggio più e più volte. E puntualmente quell'ultima frase le faceva sussultare il petto.

Lui non aveva cambiato idea. Anzi, le aveva praticamente detto che l'amava.

E questa era la prova decisiva, avevano superato anche un ostacolo enorme, un ostacolo alto un metro e cinquanta e con gli occhi da cerbiatto.

Giurò a se stessa che non avrebbe mai più dubitato di lui, che non l'avrebbe mai più deluso.

Lorenzo le stava dimostrando così tanto, non credeva neanche di meritare tutto quello che le dava.

Avrebbe fatto del suo meglio per esserne all'altezza.

Guardò un'ultima volta il messaggio, per fissarlo per sempre nella sua mente. Notò che la prima frase era virgolettata, a differenza delle altre, e si chiese se avesse un significato particolare.

La scrisse su google, anche se per accedere a internet dal suo cellulare vecchio stile ci voleva un'eternità.

Quello che apparve una volta conclusa la ricerca la fece sorridere.

"*Lisa dagli occhi blu*, Mario Tessuto - testo".

Che stupido romantico, continuava a tirar fuori quella canzone.

Non sapeva se rispondere, cosa dire. Forse sarebbe stato meglio parlarne a voce il giorno dopo.

D'improvviso, voleva solo dormire in modo che la notte passasse il più velocemente possibile, per poterlo rivedere e rimettere a posto le cose.

L'indomani, alla stessa ora di sempre, percorreva la solita strada per andare ad aprire il bar, con uno sciocco sorriso sulle labbra che non l'aveva abbandonata da quando si era svegliata.

Arrivata quasi di fronte alla saracinesca del bar, l'occhio le cadde sull'altro lato della strada e quello che vide le provocò una dolorosa fitta al cuore.

Lorenzo era con Sara, sotto casa sua, con Bud al seguito, e parlavano serenamente, sorridendosi a vicenda.

Cos'era successo tra loro? Avevano dormito insieme?

Formavano proprio un bel trio, pensò con rassegnazione. Persino Bud sembrava essersi già affezionato a lei.

Stava per ricominciare a tormentarsi, quando lui incrociò il suo sguardo e si fece serio.

La salutò e le fece cenno di avvicinarsi.

Angela non voleva andare, non voleva affrontarlo così, con lei davanti.

A un tratto, lui disse qualcosa a Sara e anche lei guardò Angela. Poi iniziarono a camminare per attraversare la strada, diretti verso di lei.

Angela non riusciva a capire cosa stesse accadendo, ma notò che Sara trasportava con sé la sua valigia.

«Ciao» la salutò Lorenzo con lo sguardo un po' colpevole, mentre Bud le saltava addosso.

Poi aggiunse, indicando Sara che era accanto a lui: «stiamo aspettando che arrivi il suo taxi per portarla all'aeroporto.»

«Quindi sei tu... oh mio Dio, ho scelto proprio la persona perfetta con cui sfogarmi ieri» disse Sara, con gli occhi sgranati.

«Sfogarti?» chiese Lorenzo, che evidentemente non sapeva nulla della loro conversazione del giorno precedente.

«Già, scusami, all'inizio non avevo capito, non potevo sapere chi fossi» si giustificò Angela.

«Beh, oltre al fatto che sei bellissima, e ti odio per questo, non so cosa tu gli abbia fatto... ma ascolta il mio consiglio, non lasciartelo scappare come ho fatto io, è il ragazzo migliore che esista. Sappi anche che contrariamente a quanto possa sembrare, tra noi non è successo niente. Tiene molto a te, purtroppo per me.»

Angela era sconvolta dalla sua disarmante schiettezza, non le vennero in mente le parole giuste per rispondere. Notò poi che anche Lorenzo non si aspettava quella sua sincera lealtà e guardava Sara con un misto di tristezza e gratitudine.

Il taxi arrivò di fronte al palazzo di Lorenzo.

«Posso almeno abbracciarti per dirti addio?» gli chiese Sara, con la voce un po' incrinata dalla commozione.

Lorenzo, d'istinto, guardò Angela, che in quel momento avrebbe preferito sprofondare.

Gli lanciò uno sguardo accomodante, annuendo leggermente, per fargli capire che poteva stare tranquillo.

Lorenzo e Sara si abbracciarono e Angela distolse lo sguardo.

«Stammi bene, mi raccomando. Fai grandi cose» le disse lui.

«Anche tu, anche voi...» rispose lei, guardando entrambi con gli occhi colmi di lacrime.

Poi si allontanò.

Mentre il taxi ripartiva, Lorenzo e Angela restarono immobili, a fissare la strada. Certamente non era stato bello per nessuno dei due assistere a quel triste saluto.

Arrivò in quel momento Monica, come sempre un po' in ritardo, e subito chiese ad Angela cosa stesse facendo così imbambolata senza aver ancora aperto il bar.

«Puoi darci qualche minuto per parlare? È importante...» la supplicò Lorenzo.

«Non ti si può certo dir di no, con quello sguardo da tenerone» rispose lei, facendolo sorridere.

Monica si avviò per fare da sola il lavoro che normalmente compivano in due, e Angela si sentì in colpa nel far pagare a lei le conseguenze della sua vita d'un tratto così complicata.

Si accostarono a un portone, a pochi passi dalla vetrina.

«Come stai?» le chiese Lorenzo.

«Molto meglio, dopo aver letto il tuo sms…»

«Non mi hai risposto, temevo che non volessi più vedermi.»

«Preferivo parlarne di persona.»

«E quindi?»

«Pensi davvero quello che mi hai scritto?»

«Ti sembro uno che dice le cose tanto per dire?»

«Allora ridimmelo, adesso.»

Angela lo osservò con aria di sfida. Ma lui sembrava emozionato, come se non riuscisse a ripetere a voce alta quello che le aveva scritto nel messaggio.

Dopo un lungo momento, in cui entrambi non si tolsero gli occhi di dosso, lui si piegò verso di lei, fino ad accostare il viso al suo orecchio destro e, in un sussurro, pronunciò le due parole che Angela mai avrebbe pensato di sentirsi dire da qualcuno.

«Ti amo.»

Il cuore riprese a batterle all'impazzata.

Era un'emozione fortissima.

Gli gettò le braccia al collo e riuscì a dire, con una consapevolezza che proveniva dal profondo della sua anima:

«Ti amo anch'io».

Sorrisero e si baciarono, mentre lui la sollevava e lei alzava le ginocchia, facendolo piegare all'indietro.

Bud cercava di unirsi all'abbraccio, saltando sulle gambe di Lorenzo, e intorno la gente li fissava prima di entrare nel bar, ma a loro non importava, avevano superato la prima crisi ed erano pronti a ripartire, più forti di prima, come se al mondo non ci fosse nessun altro.

CAPITOLO XIX

Il giorno della partenza di Sara, Lorenzo litigò pesantemente con sua madre.

Stava tornando a casa dopo una lunga giornata di lezioni, in serata, quando lei chiamò.

In principio aveva intenzione di sgridarla solo un po' per non averlo avvertito della visita improvvisa di Sara, ma la conversazione era poi degenerata senza che lui lo volesse.

«Allora, piccioncini? Sono con papà e Lisa e vogliamo che ci raccontiate com'è stata la sorpresa» aveva esordito lei, dando per scontato che lui fosse insieme a Sara e facendolo così andare fuori di testa.

Teneva molto alla sua famiglia ed era felice di sentire spesso sua madre, ma a volte proprio non riusciva a sopportare i suoi modi di fare.

«Mamma... se parli di Sara, lei non è qui. E a proposito, grazie di essere stata dalla sua parte invece che dalla mia.»

«Come non è lì? Che è successo? Io l'ho fatto per te, per non rovinarti la sorpresa.»

«Bella sorpresa... che rischiava di farmi perdere una persona importante.»

«Cosa dici? Non è Sara la persona più importante?»

«Lo era, ma le cose non stanno più così.»

«Io proprio non ti capisco, pensavo ne saresti stato felice. Mi aspettavo un ringraziamento e non certo questo tuo tono indisponente.»

«Mi dispiace, ma non tollero le tue interferenze nella mia vita privata.»

«Non era un'interferenza, lei mi ha chiesto di non dirti nulla e io l'ho fatto. Non immaginavo che reagissi così.»

«In ogni caso, lei è tornata a Messina. E per la cronaca, io sto con Angela.»

«Ah. Va bene, scusami. E questa Angela com'è? È una tua collega? Studia anche lei per diventare magistrato?»

«No, lei lavora in un bar sotto casa mia. Ed è stupenda.»

«In un bar?»

Il suo tono non era sprezzante, ma di sorpresa. Lorenzo però conosceva sua madre e sapeva cosa stesse pensando, anche se probabilmente non l'avrebbe mai ammesso.

«Sì, ma non è questo il punto.»

«E allora qual è? Che hai mandato via una ragazza d'oro per stare con una persona con cui non hai niente in comune? Che d'improvviso adotti cani e fai scelte quantomeno discutibili sul tuo futuro?»

«Per me ciò che conta è solo essere felice. E Angela mi rende felice. Fattene una ragione.»

Dopo quell'ultima sfuriata, chiuse la conversazione senza permetterle di rispondere.

Non sopportava di essere messo in discussione, tantomeno se l'argomento era Angela.

Aveva iniziato a nutrire un trascendentale istinto di protezione verso quella ragazza e avrebbe impedito a chiunque di farle del male, anche solo pensando cose negative su di lei.

Persino Sara, per quanto fosse ferita, aveva dato loro in un certo senso la sua benedizione. Era stato un gesto molto maturo da parte sua tranquillizzare la sua *rivale*, Lorenzo non se lo sarebbe mai aspettato.

Anzi, quella mattina, quando lui aveva visto Angela che arrivava al bar e aveva deciso di avvicinarsi, aveva temuto di correre un grosso rischio nel farle incontrare. Non sapeva esattamente come sarebbe potuta andare.

Invece Sara l'aveva incredibilmente stupito in positivo con le sue affermazioni. Era davvero una grande donna e le voleva un bene dell'anima.

Perché con sua madre, al contrario, aveva dovuto litigare? Non poteva sforzarsi di essere più aperta mentalmente senza saltare immediatamente a conclusioni?

Dopo poco, sua sorella aveva provato a contattarlo, ma lui, rientrato a casa, aveva lasciato il cellulare in carica con la vibrazione e dunque non l'aveva sentito.

Solo nel momento in cui Angela aveva citofonato per riportare Bud, staccando il telefono dal caricabatterie Lorenzo si era accorto della chiamata persa di Lisa.

Mentre Angela saliva, cliccò sul contatto per richiamare.

«Fratello, ciao.»

«Ciao a te sorella, come stai?»

«Bene, immersa nello studio.»

«Ne so qualcosa.»

«Già, non posso credere di essere ancora all'inizio e di dover affrontare tutti quegli anni di università! Ma dimmi una cosa, è vero quindi che hai lasciato Sara dopo che era tornata da te?»

"Ho una famiglia di impiccioni", pensò lui.

«Non fraintendermi» continuò lei. «Io non voglio fartene una colpa, anzi secondo me hai fatto bene. Cioè, ero legata a lei, ovviamente, dato tutto il tempo che siete stati insieme. E mi dispiace che soffra. Ma si è comportata male e non può pretendere che tornando sui suoi passi tutto le sia ancora dovuto. Onestamente ho sempre avuto la sensazione che se la tirasse un po'.»

Lorenzo rise.

«Non è così, lei non c'entra. Il problema sono io.»

«Ti sei innamorato?»

In quel momento, Angela entrò nel suo campo visivo, con il naso arrossato e gli occhi lucidi dal freddo che gli sorridevano.

«Sì, sono innamorato» disse al telefono a sua sorella, senza smettere di guardare Angela.

Lei si coprì il viso con i guanti, imbarazzata.

Era semplicemente meravigliosa.

«Sono felice per te. Non vedo l'ora di conoscerla. La porti a casa da noi a Natale? Dai!»

«Sai che è un'ottima idea? Le proporrò la cosa.»

«Bravo! Passeremo le feste in famiglia e mamma si ricrederà su di lei, non ho dubbi.»

«Ne sono sicuro anch'io.»

«Questa casa è così vuota senza di te, mi manchi tanto.»

«Mi manchi anche tu, Lisa. Ma adesso devo proprio andare. Ci sentiamo presto.»

«A presto, Lollo.»

E riattaccò.

«Lisa?» chiese Angela corrugando la fronte.

«Mi hai beccato. È il nome di mia sorella, per questo conosco a memoria quella canzone, mia madre la cantava sempre quand'era piccola. Ma, a mia discolpa, lei non ha gli occhi blu, quindi suona davvero meglio col tuo nome...»

Angela sorrise scuotendo la testa.

«Sei irrecuperabile» e l'abbracciò.

Mentre lei si toglieva il cappotto e si accomodava, Lorenzo pensò che sarebbe stato davvero il caso di proporle di andare in Sicilia con lui il mese successivo per le feste natalizie.

Lei non aveva nessun altro con cui passarle, sarebbe sicuramente rimasta lì da sola.

In più, provava il desiderio di farle vedere la sua casa, la sua città, persino di farle conoscere la sua imbarazzante e pazza famiglia.

Sarebbe stato bello averla nel suo mondo.

Si rendeva conto che stava correndo un po' troppo, e che portarla a casa dopo pochi mesi poteva sembrare prematuro, ma quando si metteva in testa una cosa era difficile che cambiasse idea. E il fatto che la volesse al suo fianco era indiscusso.

«Se ti proponessi di venire in Sicilia e di trascorrere il Natale con la mia famiglia, cosa mi risponderesti?»

Lei lo guardò, dubbiosa.

«Che sei impazzito, forse.»

«Probabile. Ma ti voglio con me. Voglio presentarti a tutti, voglio farti vedere il mio mare, i miei posti. Voglio regalarti una seconda famiglia, la mia.»

«Pensi davvero che mi accetteranno? Ho paura di deluderli e di deludere te di conseguenza.»

«Non devi avere paura di niente quando sei con me. Ti ameranno, è impossibile non amarti se ti mostri come sei.»

«Beh, vedi... io non so neanche cosa intendi quando dici questo, perché non so chi sono davvero. Sono stata una persona e poi sono diventata tutt'altro per autodifesa.»

«Esatto, tu sei entrambe quelle persone. Sei la sognatrice che darebbe la sua vita per chi ama, e poi sei anche la ragazza razionale che regala un pezzo di sé solo a chi riesce a guadagnarselo. E una volta imparato a scoprirti, sei eccezionale. Non devi far altro che essere te stessa.»

Angela sembrava realmente colpita dalle sue parole.

«Io non ti merito, Lorenzo Amato. Non so come tu faccia, ma dici sempre la cosa giusta al momento giusto. Mi fai sentire speciale come nessuno aveva mai fatto prima.»

«Solo perché lo sei. Quindi è un sì?»

«Come direbbe Monica, "tu rendi impossibile dirti di no".»

«E se lo dice Monica, è di certo la verità!»

Dicembre arrivò prima di quanto Angela avesse immaginato e il fatidico viaggio verso il Sud Italia si avvicinava.

Ovviamente, lei non era più tornata dal momento in cui aveva raccolto le poche cose che aveva e si era lasciata alle spalle la sua vecchia vita.

Lorenzo, però, le dava la forza di affrontare le sue paure. Se lui pensava che sarebbe andato tutto bene, allora Angela avrebbe tentato di tutto per dimostrargli che aveva ragione e che ce l'avrebbe fatta.

In un primo momento, lui aveva iniziato a cercare dei voli convenienti per la Sicilia, ma aveva notato che lei era un po' titubante sull'idea di volare; quindi alla fine, senza pensarci due volte, aveva prenotato i posti sul treno.

Così, le aveva detto, avrebbero passato più tempo insieme e anche per Bud sarebbe stato più semplice viaggiare con loro, dato che non tutte le compagnie aeree accettavano i cani in cabina.

Per essere chiara, lei gli aveva spiegato che il trauma che aveva subìto da piccola un po' la condizionava nella sua vita quotidiana.

Nonostante prendesse la metropolitana da anni, infatti, ogni volta provava un piccolo turbamento nel momento in cui le porte automatiche si chiudevano, bloccandola dentro.

Le sembrava che l'aria venisse d'un tratto a mancare. Tuttavia, si sforzava di superare quella sensazione e di impedire alle sue fobie di influenzarla.

Per questo, gli disse, era determinata a prendere anche l'aereo prima o poi, se si fosse presentata l'occasione.

L'ascensore, invece, era un'altra cosa. Troppo piccolo, troppo stretto. Per quello avrebbe dovuto lavorare molto di più. Ma forse poteva farcela.

Da quando stava con lui, niente le sembrava impossibile.

La domenica ormai passavano sempre tutta la giornata insieme, lei dormiva a casa sua e poi restavano per gran parte del tempo a letto, a coccolarsi, a stringersi e a fare l'amore.

Si ripromettevano che uno di quei giorni sarebbero andati a fare una gita nei paraggi, a visitare qualche bel posto, ma poi l'attrazione era troppa e capivano che non avevano voglia di altro se non di perdersi l'uno nell'altra.

Tutto ciò che c'era di eccitante sembrava fosse a portata di mano, su quel letto.

Una di quelle volte, mentre erano ancora sdraiati, lui le disse:

«Voglio portarti da qualche parte l'anno prossimo. Dimmi una città che vorresti visitare.»

Lei rifletté un istante.

«Sarei curiosa di andare a Venezia, credo sia molto suggestiva… e romantica.»

«Ma lì possiamo andare quando vuoi, è vicina. Pensa più in grande.»

«Parigi?»

«Ancora più in grande.»

«Allora portami a New York» scherzò lei, divertita.

«Vada per New York, non ci sono mai stato neanch'io.»

«Perché, nelle altre che ho detto sì?»

«Potrebbe essere capitato, sì.»

«Che invidia.»

«Non dirlo di nuovo, partiamo domani e ti porto ovunque tu voglia.»

«Sì, e poi invece restiamo qui a sognare.»

«Vabbè, ma questo è il nostro piccolo universo. Abbiamo tutto, guarda… questa è la Statua della Libertà» disse sfiorandole un seno. «Questa è la Tour Eiffel» aggiunse tastando l'altro seno. «Qui c'è il Taj Mahal, una delle sette meraviglie del mondo moderno, dalla perfetta sincronia e dall'inenarrabile bellezza» continuò, prendendole il viso tra le mani e baciandola. «E i tuoi occhi sono le Cascate del Niagara, una forza della natura.»

«Tu allora sei il Cristo Redentore, a Rio de Janeiro. Un'altra delle meraviglie del mondo. Il mio Salvatore» disse lei ridendo.

«A parte gli scherzi, faresti un viaggio con me?»

«Sarebbe magnifico. Andare in America è come un sogno a occhi aperti.»

«Mi hai detto che tuo padre vive lì. Sai dove di preciso?»

«L'ultima volta che gli ho parlato abitava a Miami. Ma sono passati dieci anni da allora. Non so nient'altro di lui.»

«Possiamo provare a cercarlo su Facebook, te la senti?»

«Oddio, non lo so. Sono curiosa, ma temo che si potrebbero riaprire vecchie ferite.»

«Hai ragione, scusami. Come non detto.»

«No, facciamolo. Devo iniziare a rialzare la testa dalla sabbia. Non posso semplicemente fingere che le cose che mi hanno fatto soffrire in passato non esistano più. Cercalo, ti prego.»

«Sicura? Non voglio forzarti.»

«Tu mi sproni, è diverso. E mi fa bene avere qualcuno così al mio fianco.»

Lorenzo si convinse. Iniziò la ricerca: Michele Versaci.

Scorse un po' tra i risultati ottenuti. Qualcuno era troppo giovane, qualcun altro viveva a poca distanza da loro. Poi l'occhio cadde su un'immagine del profilo con un gruppo di persone. Cliccò e apparve la foto di una famiglia felice, vestita con vivaci maglioncini rossi e bianchi dai disegni coordinati, che posava rannicchiata davanti a un grande albero di Natale addobbato.

«Qui c'è scritto che vive a New York. Potrebbe essere lui?» chiese Lorenzo indicando un uomo affascinante dai capelli grigi, che teneva in braccio una bambina bionda dall'aspetto incredibilmente simile a quella che era stata la piccola Gemma.

Angela avvertì una fitta al cuore.

«È lui.»

«Come stai?»

«Non lo so.»

Angela non riusciva a staccare gli occhi dall'immagine aperta a tutto schermo sul pc di Lorenzo.

Oltre alla bambina di quattro o cinque anni che stava tra le braccia di suo padre, nella foto c'era anche un altro ragazzino biondo sorridente, seduto accanto alla madre, una bella donna col viso tondo e anche lei dai capelli chiari. Dietro di loro, in piedi e con l'espressione un po' imbronciata, una ragazza castana leggermente in sovrappeso sembrava quasi voler rovinare il perfetto quadretto familiare.

«Si è creato proprio una bellissima famiglia» considerò Angela.

Provava sentimenti contrastanti, da un lato si sentiva amareggiata, dimenticata, dall'altro era sinceramente e inspiegabilmente felice per lui, felice di vederlo così sereno. Almeno adesso sapeva per certo che suo padre aveva sfruttato al meglio la sua seconda possibilità.

«Lei chi è?» chiese Lorenzo indicando la ragazza più grande.

«Credo sia la prima figlia di sua moglie, più o meno il motivo per cui ho smesso di parlare con mio padre tanto tempo fa. Non accettavo che avesse lasciato me per vivere con un'altra bambina. Che stupida che sono stata, l'ho perso per sempre per un motivo così futile.»

«Forse non l'hai perso per sempre. Secondo me lui pensa ancora a te. Non puoi smettere di amare tua figlia, mai.»

«Dillo a mia madre...» esclamò lei di getto, con cruda rassegnazione.

«Mi dispiace.»

«Non ti preoccupare. Sono felice di riuscire a parlarne, in un modo o nell'altro; è già qualcosa.»

«Vorresti scrivergli un messaggio?»

«Un messaggio a mio padre? Cosa dovrei dirgli?»

«Quello che senti. Pensaci. Non è mai troppo tardi per cambiare le cose.»

Angela ebbe quasi un mancamento. Davvero stava considerando quella possibilità?

«Ci posso provare.»

«Vuoi che ti lasci sola?»

«No, resta con me.»

Lui le passò il portatile e Angela si sedette, appoggiandosi alla testata del letto. Mise un cuscino tra le sue gambe e il computer, strinse la mano a Lorenzo e poi iniziò a digitare, buttando fuori tutto quello che non sapeva nemmeno di avere dentro.

Ciao, papà.

Sono tua figlia, Gemma. Anche se ormai da qualche anno il nome con cui le persone mi conoscono è Angela.

Ti scrivo dall'account di un ragazzo stupendo, che mi ama e che mi rende felice.

Sicuramente avrai saputo quello che mi è successo, ma non è di questo che voglio parlarti.

Voglio solo dirti che mi dispiace di averti respinto tanto tempo fa, di non aver più voluto avere contatti con te.

Me ne sono pentita immediatamente.

Perché in realtà ti amavo da morire, ma ero troppo ferita per sopportare la situazione in cui mi trovavo.

Sappi che sono sinceramente contenta per te e per la bella famiglia che ho visto sul tuo profilo.

Ti auguro di vivere una vita lunga e appagante e di dare a quei dolci bambini tutto l'amore del mondo, perché nessuno può vivere senza amore.

Spero ti faccia piacere sapere che sto bene e che ricordo con nostalgia tutti i nostri momenti insieme, almeno da quando ne ho avuto memoria.

Forse un giorno ci rivedremo.

Con affetto,

tua figlia.

Arrivata alla fine del messaggio, Angela non riuscì nemmeno a rileggere quello che aveva scritto. Gli occhi si erano appannati. O forse erano soltanto pieni di lacrime.

Lorenzo le passò un fazzoletto e le strinse la spalla per consolarla.

«Forse questo è stato troppo. Mi sento responsabile per averti spinto a farlo.»

«No, te lo giuro, le mie sono solo lacrime di gioia. Sono sollevata perché sono riuscita a tirar fuori i miei sentimenti. Ho capito di essermi finalmente perdonata per come sono andate le cose con lui. Quindi devo solo ringraziarti.»

«Io non ho fatto niente. Il merito è solo tuo.»

«Non mi resta che inviare…»

D'improvviso, la paura si appropriò di lei. Non poteva sapere come lui avrebbe preso quel messaggio, forse dopo tutto quel tempo Michele non voleva più nemmeno sentir parlare della sua vecchia vita; forse anche quel mero tentativo di contattarlo avrebbe potuto infastidirlo.

In ogni caso, Angela non voleva farlo per lui, ma per se stessa. Aveva bisogno di colmare il vuoto che provava da quella maledetta giornata di maggio del 2007, un anno esatto prima che la sua esistenza cambiasse per sempre, in cui aveva voltato le spalle all'uomo che le aveva dato la vita.

Con un leggero batticuore, trattenne il respiro e cliccò su "Invia Messaggio".

CAPITOLO XX

Angela non faceva più sogni che la riempivano di angoscia, come in passato.

Se ne rese conto con certezza mentre, in viaggio verso la Sicilia, si era concessa di sonnecchiare per qualche ora sulla spalla di Lorenzo e lui, al suo risveglio, le aveva detto di averla sentita ridere nel sonno.

Solo a quel punto aveva notato che, gradualmente, erano sparite dalla sua psiche tutte le circostanze assurde che prima la perseguitavano e a cui quasi si era assuefatta: episodi in cui sognava di essere in ritardo cronico, di aver dimenticato un evento importante di lavoro, oppure ancora di essere intrappolata da qualche parte o in indicibili situazioni di pericolo.

Le percezioni della sua mente erano sempre un po' folli e inverosimili. Ma quella probabilmente era una cosa che accadeva a tutti.

I sogni svanivano spesso senza che lei riuscisse ad afferrarne il ricordo, ma a volte sembravano così reali da farle provare emozioni vere. E, in quei casi, anche svegliandosi ne captava l'essenza.

Di certo, non avrebbe mai dimenticato le sensazioni provate sognando di essere con Lorenzo su una gondola a Venezia. Aveva sentito il rumore dell'acqua, la spensierata leggerezza della scoperta e la gioia pura quando, inaspettatamente, era apparsa di fronte a loro in tutta la sua magnificenza la Statua della Libertà. Ed entrambi ne erano rimasti stupiti e affascinati, senza chiedersi come fosse possibile vederla pur essendo ancora in Italia.

Un'altra volta il suo inconscio le aveva fatto immaginare di vivere in una casa enorme, a tre piani, e di avere tanti bimbi biondi da accudire. In realtà, ripensandoci, si rese conto che i suoi presunti figli del sogno avevano le esatte sembianze dei suoi fratellastri, la prole di suo padre che aveva visto in foto.

Non c'era dubbio: le costruzioni della sua mente rispecchiavano i pensieri che si susseguivano durante la vita cosciente.

Infatti, dopo il tentativo di Angela di mettersi in contatto con lui, Michele le aveva risposto e da allora lei e suo padre avevano ripreso a sentirsi regolarmente.

Non avrebbe saputo dire quante volte aveva riletto il suo primo messaggio, ormai lo conosceva a memoria.

Ciao bambina mia,
non sai quanto sono felice che tu mi abbia scritto.
Sei sempre nei miei pensieri e, anche se la cosa ti sorprenderà, io so già tutto di te.
So quello che tua madre ti ha fatto; e sebbene lei stia scontando il suo debito con la giustizia, io non la perdonerò mai per aver distrutto la tua giovane vita. Avrei dovuto essere lì, per impedirglielo.
Questo sarà per sempre il mio più grande rimpianto.
Conosco il tuo nuovo nome e il tuo viso, che è rimasto bellissimo nonostante tu sia cambiata tanto.
Ho saputo che vivi a Milano e che sei un'instancabile lavoratrice.
E so tutte queste cose perché ho assunto un investigatore privato affinché ti trovasse e mi informasse periodicamente della tua vita.
Io non ti ho mai dimenticato.
Non avevo intenzione di arrendermi con te, volevo con tutto me stesso recuperare il nostro bellissimo rapporto, ma la tua ostinazione era tanta, il tuo cuore così fragile, e avevo paura di ferirti ancora di più se avessi insistito, imponendoti la mia presenza con la forza.
Ma forse sono stato solo un vigliacco.
Trovando il coraggio di scrivermi, mi hai dimostrato che sbagliavo. Che invece sei diventata una donna forte e indipendente, più di quanto mi aspettassi.
Sono davvero felice di saperti innamorata. Anche io lo sono e non esiste niente di più bello.
Ho parlato alla mia famiglia di te, sono tutti elettrizzati all'idea di conoscerti. Pensi che sarebbe possibile, un giorno, incontrarci di nuovo?
Con profondo amore,
Papà.

Tra tutte le cose che lui avrebbe potuto dirle, di certo questa risposta Angela non l'avrebbe mai immaginata.

Suo padre non aveva mai smesso di "seguirla". E non certo nel senso del moderno linguaggio dei social network, dove basta un click per poter dire di sapere tutto di una persona.

Non avendo altri mezzi a disposizione, lui aveva dovuto assumere qualcuno.

Apprendere la notizia in principio l'aveva anche stranita, oltre che sorpresa. Non si era mai accorta che qualcuno la stesse spiando e l'idea l'aveva resa leggermente inquieta, benché fosse certa che l'uomo che suo padre pagava era innocuo e compiva il suo lavoro, che era quello di dare informazioni. Sì, ma informazioni su di lei.

Ovviamente, lo sapeva, questo non avrebbe potuto scagionare completamente Michele per tutte le sue mancanze.

Volente o nolente, Angela aveva passato più di metà della sua vita senza di lui. E quegli anni nessuno avrebbe mai potuto riportarli indietro.

Tuttavia, come le aveva fatto capire Lorenzo, ciò non doveva precluderle la possibilità di ricominciare, di creare un nuovo rapporto con suo padre da zero, di approfittare degli anni che ancora aveva a disposizione per conoscerlo di nuovo.

In fondo, pensava, la sua lettera era sincera. Si era assunto le sue responsabilità, cercando di giustificare come poteva le motivazioni che l'avevano spinto a diventare un silenzioso e passivo spettatore nella vita di sua figlia. E si era detto pentito. Meritava il beneficio del dubbio; e loro due meritavano una possibilità.

L'ultima parte, poi, era quella che l'aveva resa più felice in assoluto.

Michele voleva incontrarla e, non solo, anche la sua famiglia sarebbe stata felice di conoscerla.

Con la sua insicurezza patologica, non avrebbe potuto sperare di meglio.

Nonostante tremasse all'idea di rivederlo dopo così tanto tempo, e non immaginava neanche come potesse essere confrontarsi con la sua nuova moglie, con la figlia più grande, con i bambini, il pensiero l'aveva comunque fatta emozionare.

Aveva dunque promesso a suo padre che presto sarebbe andata a trovarlo. Sarebbe stata l'occasione perfetta per riprovarci, e al tempo stesso una bellissima esperienza per lei e Lorenzo, l'opportunità di visitare una città magica e dal fascino indiscusso, proprio quella che avevano deciso di andare a vedere, prima o poi.

Ma, per il momento, c'era una "minaccia" ancora più imminente da fronteggiare, che si avvicinava inesorabilmente a mano a mano che il treno proseguiva la sua lunga corsa: Angela stava per conoscere la famiglia di Lorenzo.

Eppure, ormai sentiva di non aver più paura. Era determinata a fare ciò che lui le aveva suggerito con la sincera adorazione che l'aveva fatta sciogliere: essere se stessa.

Se non l'avessero accettata, se ne sarebbe fatta una ragione. Ciò che contava per lei era solo lui. E sapeva che non si sarebbe fatto condizionare dalle loro opinioni, per quanto importanti fossero per lui.

«Mia madre potrebbe sembrarti un po' ostile all'inizio, non mi stupirei se lanciasse qualche frecciatina, o dicesse senza volerlo qualcosa che ti ferisse. Ma tu non lasciarti provocare, sorvola e vedrai che con il passare dei giorni andrà meglio.»

«Non ti preoccupare, penso di riuscire a gestirla. E poi, ricorda che qualsiasi madre non potrà mai essere peggiore della mia» rispose ridendo.

Adorava il fatto di riuscire a scherzarci su, benché le dispiaceva vedere Lorenzo sempre un po' imbarazzato quando lei faceva quei riferimenti al suo passato.

Le undici ore sul treno trascorsero più velocemente del previsto e, mentre fuori era già sera, Lorenzo, Angela e il povero Bud, che aveva affrontato il viaggio costretto a restare con guinzaglio e museruola, poterono finalmente scendere e sgranchirsi le gambe.

«Mio padre ci aspetta al parcheggio. Benvenuta nella mia Sicilia» disse Lorenzo aprendo le braccia come a lasciarle ammirare quello che per lui era il posto più bello del mondo.

Angela fu felice di tanto entusiasmo, si vedeva che la sua terra gli era mancata molto. Lei di certo non poteva dire lo stesso.

Affrontando il forte vento che li fece quasi indietreggiare, attraversarono la strada diretti verso il parcheggio, che si trovava a ridosso di una piccola piazza con una fontana al centro.

Un uomo dallo sguardo bonario, accostato a una Mercedes bianca, li accolse a braccia aperte. Strinse forte suo figlio e poi si rivolse a lei con un sorriso che Angela trovò incredibilmente familiare.

«Papà, lei è la mia ragazza, Angela» la presentò Lorenzo con orgoglio.

«È un piacere conoscerla, signor Amato.»

«Il piacere è mio, puoi chiamarmi Giorgio. E ti prego, dammi del tu, non voglio sentirmi vecchio» disse con aria implorante, provocando la risata di entrambi, alla quale anche lui si accodò subito dopo.

«Questa piccola peste invece è Bud» continuò Lorenzo. «Non illuderti che sia sempre così calmo, è solo un po' scosso dal viaggio.»

«Un bel cucciolone. Speriamo faccia amicizia con Oscar e Nebbia. Salite in macchina intanto, a casa vi stanno aspettando tutti.»

Una volta in marcia, Giorgio chiese loro come fosse andato il viaggio e poi li aggiornò sui programmi natalizi della famiglia. Avevano deciso di passare le feste nella casa estiva a Torre Faro, perché c'era più spazio per accogliere i parenti che si sarebbero riuniti lì per la cena della vigilia di Natale e poi per quella di Capodanno.

Angela si chiese dubbiosa se per caso non avessero una casa per ogni stagione dell'anno, sarebbe stato davvero troppo.

Dopo un po', la macchina si fermò davanti a un grande cancello elettrico che, aprendosi al tocco del telecomando, rivelò un curatissimo giardino, con alberi di ulivo piantati lungo tutto il sentiero e bei fiori in ogni dove che donavano all'aria un profumo meraviglioso.

Angela scese dall'auto e notò che anche Bud si guardava intorno un po' spiazzato.

"Ti capisco, piccolo, io e te siamo come due trovatelli appena adottati da una perfetta famigliola felice; dobbiamo ancora abituarci all'idea" disse nella mente al suo amico a quattro zampe.

Subito dopo, Angela vide i due impeccabili husky dal pelo lungo e gli occhi di ghiaccio che si avvicinavano curiosi. I cani si promulgarono in una rapida successione di effusioni rivolte a Lorenzo, che sembrava felicissimo di rivederli, e si diressero poi immediatamente verso Bud, per studiarlo e tentare di annusarlo.

Il piccolo ne fu istintivamente intimorito e tentò di nascondersi dietro le gambe di Angela, iniziando a girarle intorno per sfuggire al loro placcaggio e ottenendo come unico risultato di restare intrappolato, dato che il guinzaglio si era attorcigliato intorno alle caviglie della sua padrona, immobilizzando entrambi.

Angela, che non poteva più muoversi senza rischiare di cadere, volse uno sguardo attorno a sé in cerca di aiuto e solo in quel momento, con sgomento, si accorse che dall'atrio illuminato della casa una donna dal volto severo e una ragazza sorridente stavano osservando curiose la scena. Sicuramente la madre e la sorella di Lorenzo.

"Perfetto, devo dire che sto facendo un'ottima prima impressione" considerò tra sé, rendendosi conto di apparire totalmente impacciata mentre tentava in tutti i modi di divincolarsi dalla morsa del guinzaglio di Bud.

Cercò di afferrare il cucciolo, ma era difficile con le gambe bloccate e mentre lui continuava a dimenarsi, con Oscar e Nebbia che lo braccavano senza arrendersi.

Alla fine, Lorenzo corse in suo aiuto e afferrò Bud, sbrogliando poi il guinzaglio e ottenendo la sua estrema gratitudine, benché Angela avesse sperato che accadesse prima di rendersi completamente ridicola agli occhi delle altre due donne della sua vita.

Dopo lo spiacevole episodio creatosi con i cani di casa, che nel frattempo avevano finalmente soddisfatto la loro curiosità circa il nuovo arrivato e si erano dispersi per il giardino, disinteressandosi del resto, Angela, Lorenzo e il padre si diressero verso l'ingresso della casa, attraversando il vialetto.

Era una costruzione a due piani, non molto moderna ma tenuta bene, con una piccola veranda sul lato destro, in cui si ergeva un caratteristico gazebo da esterni sotto il quale troneggiavano tavolo e sedie in tinta e qualche sdraio estiva.

Dall'atrio si intravedeva la casa all'interno, illuminata e agghindata con innumerevoli decorazioni natalizie: ghirlande, fiori, vischio e luci in ogni dove.

C'erano persino due alberi di Natale, uno improvvisato all'esterno, circondato dalle lucine colorate che arrivavano in cima e che si vedevano fin dalla strada, l'altro vicino alle scale dell'ingresso, addobbato con cura con palline scintillanti di vetro, stelle e grossi fiori, tutti nei toni del bianco e del dorato.

Angela provò di nuovo una strana sensazione di estraneità a quel mondo di così minuziosa apparenza, splendore e sfarzo, che non riuscì a reprimere neppure volgendo lo sguardo sulle due donne che li aspettavano sull'uscio.

Maria, la madre di Lorenzo, era esattamente come l'aveva rievocata nella sua mente, quando aveva saputo che la vita le avrebbe fatto di nuovo incontrare quella donna dopo così tanti anni.

Angela si era stupita, ripensando a lei, di quanto i suoi ricordi di quei momenti fossero nitidi, nonostante negli anni avesse fatto di tutto per cancellarli per sempre.

Rammentò di essere stata accompagnata in una stanza vuota, con un tavolo al centro e una parete a specchio. Con lei c'era un'altra donna, probabilmente un'assistente sociale. Di fronte a loro solo Maria, ben vestita e con i capelli perfettamente raccolti, che cercava di infonderle sicurezza trattandola come un'adulta, ma guardandola con occhi compassionevoli. Le aveva chiesto di raccontare quello che ricordava di ciò che le era successo, a parole sue.

La bambina che era in lei aveva iniziato a tremare, ma la ragazza che voleva emergere da quell'esperienza e diventare finalmente una donna le imponeva di non aver paura, di essere chiara e di descrivere con lucidità tutto quello che sua madre aveva fatto.

Così parlò, parlò mentre piangeva, parlò anche quando le dicevano che era meglio fare una pausa o fermarsi. Raccontò al giudice di quando sua madre si chiudeva nella sua camera per giorni, raccontò di come aveva abbandonato Francesco appena nato sul divano e di come l'avesse ingannata dicendole che i suoi nonni volevano dar loro una mano e che li aspettavano in cantina. Raccontò del buio, della sete, della paura. L'unica cosa che non riuscì a dire fu quello che successe a suo fratello, quello era davvero troppo per lei. Ma era sicura che loro lo sapessero già.

Alla fine, le diedero una caramella e le dissero che era stata brava, che adesso era tutto passato. Come se fosse così semplice.

In ogni caso, non le fecero altre domande e lei fu grata di averlo dovuto raccontare solo quella volta, quando l'accaduto era ancora nitido nella sua mente e lei non aveva, forse, ancora realizzato a pieno la portata delle sue parole, la gravità del reato commesso da sua madre.

Mentre si avvicinava alla donna che aveva messo al mondo il ragazzo che amava, incontrando il suo sguardo imperturbabile per un istante si sentì come se ancora una volta potesse dover essere interrogata.

Ma lei non era più quella bambina. E non aveva alcuna intenzione di sentirsi sotto esame.

Da vicino, notò che Maria era un po' invecchiata, con qualche ruga sottile che le incorniciava il viso, nonostante cercasse di nasconderla con il trucco, e i capelli castani tinti che rivelavano una leggera ricrescita sulla cute.

Ebbe la conferma, guardandola dopo aver conosciuto Lorenzo, che lui le assomigliava tantissimo. Aveva la sua stessa forma del viso, gli stessi occhi e le stesse labbra, sembrava la sua fotocopia in versione maschile. A primo impatto, pensò che avesse preso solo il suo rassicurante sorriso dal padre.

Accanto a lei c'era l'altra figlia, Lisa. Una bella ragazzina alta, molto simile a Maria e di conseguenza a suo fratello, ma anche lei, almeno nell'espressività, pareva voler prendere le distanze dalla rigida austerità di sua madre.

Infatti sorrideva, sinceramente lieta di vederli, e fece un piccolo saltello, alzando le braccia verso l'alto, mentre loro si avvicinavano.

«Bentornato» esclamò senza scomporsi Maria, mentre abbracciava il figlio.

«Grazie! Mamma, Lisa, vi presento Angela.»

«In realtà, io e lei ci siamo già conosciute» esordì Angela rivolta alla donna, dopo aver fatto solo un veloce cenno di saluto.

Lorenzo la guardò con un'occhiata apprensiva; di certo non si sarebbe mai aspettato che Angela aprisse l'argomento così, a bruciapelo, appena arrivata.

Neanche Angela l'aveva preventivato.

Ma aveva avvertito la necessità impellente di togliersi subito il dente. Provare dolore immediato per poi stare meglio e non pensarci più. Tanto non avrebbe potuto né voluto nascondere la verità alla famiglia di Lorenzo, non più.

«Ah sì? Mi dispiace, ma non ricordo» disse Maria senza mostrare una seppur minima espressione.

«Non si preoccupi, è normale. Quando ci siamo incontrate ero solo una bambina. Sono passati nove anni.»

Lei sembrava confusa, perciò Angela si fece coraggio e chiarì la situazione.

«Mi chiamavo Gemma Versaci. Mi ha ascoltato in quanto vittima di reato, per avere maggiori elementi sulla pena da attribuire a mia madre, Rosalba Marino.»

Maria strabuzzò gli occhi, presumibilmente mentre i ricordi le scorrevano nella mente e collegava la vicenda al volto della ragazza che le stava davanti.

«Ah. Non immaginavo…» disse poi, senza trovare le parole per continuare. D'istinto si voltò verso il figlio. Probabilmente si stava chiedendo perché lui non le avesse rivelato prima l'identità della sua nuova ragazza. Lorenzo non disse nulla, continuò a guardare Angela e le mise un braccio intorno alla vita, come a darle coraggio e a confermarle che stava dalla sua parte.

«Io non ho capito, mi spiegate cosa sta succedendo?» intervenne Lisa, turbata dall'imbarazzante silenzio che si era creato, mentre tutti erano rimasti ancora fermi sull'uscio, senza entrare in casa.

Anche Giorgio, intuendo che si trattasse di una faccenda delicata relativa al lavoro di sua moglie, non aveva proferito parola. Era rimasto fermo a fissare contrito le due donne, che intanto si stavano reciprocamente studiando.

Maria era ancora pensierosa, ma d'un tratto si destò e il suo viso si sciolse. Si concentrò di nuovo su Angela, come se la vedesse per la prima volta in quel momento. Il suo sguardo però non era di compassione o pena, come quello che aveva assunto in quella stanza, tanti anni fa, durante l'incidente probatorio. Non c'era nulla di tutto ciò che Angela avrebbe odiato vedere nei suoi occhi.

Era uno sguardo di piacevole sorpresa.

La osservò come si guarda qualcuno che prima era sull'orlo del baratro, spacciato, e poi invece, contrariamente a tutte le aspettative, si salva; come se fosse fiera di vedere che quella bambina disperata, impaurita, tradita, persa, era diventata una donna sicura e forte, che affronta a testa alta le sue paure.

Il sorriso di approvazione che le rivolse fu la cosa migliore che Angela avrebbe potuto desiderare da lei.

«Benvenuta in casa nostra, Angela» disse Maria, ponendo l'accento sul suo nuovo nome. «Spero che ti troverai bene qui con noi.»

«Grazie, ne sono sicura.»

Si scostò per farli accomodare finalmente in casa e Angela fu certa che la madre di Lorenzo, da donna intelligente e acuta quale era, aveva colto le sue intenzioni nel rivelare sin dal primo momento la sua scomoda verità; aveva capito che Angela si era lasciata alle spalle quello che le era successo, nonché la persona che era stata, e non voleva più voltarsi indietro.

Da quel momento, infatti, non ne parlarono mai più.

CAPITOLO XXI

Il primo posto in cui Lorenzo la portò il giorno dopo fu il mare.

Erano passati anni dall'ultima volta in cui Angela si era trovata al cospetto di quell'immensa distesa d'acqua che si perdeva a vista d'occhio e di fronte alla quale neppure il più glaciale degli uomini sarebbe potuto rimanere indifferente.

«Questa è la mia spiaggia preferita, ho passato qui tutte le estati della mia vita» disse Lorenzo.

Angela non parlò, rimase ancora per un po' ad ammirare il panorama. Sebbene fosse inverno inoltrato, quella mattina il clima era mite e il sole splendeva alto nel cielo. Pareva persino più luminoso che mai visto da lì. Di fronte a loro, l'orizzonte.

In lontananza, però, si potevano scorgere le montagne e le case calabresi. Angela non le aveva mai viste da quella prospettiva; nonostante Messina fosse vicinissima alla sua città, non ci era mai stata prima.

Era incredibilmente emozionante ritrovarsi da soli su quell'immensa spiaggia, con la brezza fresca che sferzava loro in viso e faceva vibrare i capelli di Angela in modo scomposto, oscurandole a tratti la vista.

D'improvviso si sentì pervasa da un'inaspettata sensazione di pace, il cuore colmo di immensità. E riconobbe un sentimento di gratitudine che le sgorgava dal profondo.

Si girò verso Lorenzo, che guardava il mare in silenzio, illuminato dal sole. Come fosse diventato talmente fondamentale nella sua esistenza in così poco tempo, proprio non riusciva a spiegarselo.

Se due mesi prima qualcuno le avesse predetto il futuro descrivendole la scena che in quel momento stava vivendo, di certo non ci avrebbe creduto neanche per un secondo.

E invece era vero, e insieme a lui tutto le sembrava di nuovo possibile.

Senza parlare, gli gettò le braccia al collo e lo baciò.

«Non so dirti quanto sia bello essere qui con te» sussurrò, con gli occhi lucidi.

Poi si tolse le scarpe e le calze, lasciandole da parte.

La sensazione della sabbia fredda sui piedi nudi era estremamente piacevole, ma provò l'impulso irrefrenabile di toccare anche l'acqua. Si alzò i pantaloni all'altezza delle ginocchia e iniziò a correre verso il mare. Si voltò verso Lorenzo, che la guardava divertito, e lo invitò con una mano a seguirla. Dopo un attimo, lui obbedì e le corse incontro.

L'acqua era freddissima, ma non le importava. Si sentiva felice come non era da anni, o forse da tutta la vita.

Camminarono per un po' sulla riva, abbracciati.

«Quanto vorrei poter fare un bagno…» pensò ad alta voce Angela.

«Facciamolo» la esortò.

«Scherzi? Ci verrà l'influenza come minimo!»

«Che ci importa? Si vive una volta sola.»

Senza lasciarle il tempo di contraddirlo, la prese in braccio e lei iniziò a urlare e a implorarlo di fermarsi, ma non era credibile perché nel frattempo aveva iniziato a ridere a crepapelle. Lorenzo fece qualche passo verso il largo e lei iniziò a scalciare e lo strinse più forte, aggrappandosi al suo collo come se questo potesse sul serio impedirgli di buttarla in mare.

«Aiutatemi» implorò Angela tra le risate, ma intorno non c'era nessuno.

L'acqua gelida era arrivata quasi alla vita di Lorenzo, bagnando le gambe e i pantaloni di Angela che era ancora tra le sue braccia, quando lui di scatto si spinse giù, permettendo all'acqua di invaderli fino al collo. Angela urlò per il contatto freddo e si avvinghiò di più a lui. Dopo un istante si abituò leggermente alla temperatura e si rilassò un po'.

«Tu sei davvero un pazzo» gli disse continuando a ridere e battendo i denti.

«Sono pazzo di te.»

Restarono per un altro attimo a godere della leggerezza dei loro corpi immersi e si baciarono dolcemente ancora una volta, avvertendo il sapore salato dell'acqua che era schizzata sulle loro labbra e sul viso.

«Sei pronta a uscire? In macchina ho delle coperte, devi solo resistere finché non le prendo.»

Lei annuì, apprezzando il suo essere allo stesso tempo impulsivo e folle, poi protettivo e premuroso.

Lorenzo la prese di nuovo tra le braccia e si avviò a passo svelto verso la strada, dove aveva parcheggiato.

Angela continuava a battere i denti, ma non rimpiangeva affatto quella pazzia; adorava tutto di quella mattinata e tutto di lui.

Quando rientrarono in casa, ancora tremanti e con i capelli bagnati, Maria li guardò con aria di rimprovero mentre, avvolti in due grosse coperte di lino, attraversavano l'ingresso per salire al piano di sopra, dove c'erano le camere da letto.

Quella disapprovazione sul suo viso, mentre parve non toccare per nulla Lorenzo, che probabilmente aveva già visto mille volte nel corso della sua vita una simile espressione, ferì leggermente Angela.

Non aveva certo messo in conto che la sua potenziale futura suocera potesse iniziare a vederla come una ragazzina irresponsabile che agisce da sconsiderata e che trascina con sé anche il figlio.

Sentendoli arrivare, Lisa emerse dalla sua stanza, che era la più vicina alle scale, e la sua reazione di entusiastica sorpresa peggiorò paradossalmente la situazione.

«Avete fatto il bagno in mare? Oddio, con questo freddo!» esclamò con espressione stupita e ammirata.

Lorenzo le rivolse un sorriso complice, mentre Angela si sentì ancora più in imbarazzo per quell'ovvia rimarcazione della loro incoscienza.

Dopo aver fatto una doccia calda ed essersi vestita, Angela tornò nella camera di Lorenzo, dove aveva dormito la sera prima e dove c'erano tutte le sue cose, compresa l'indispensabile piastra per capelli. Lui era ancora al piano di sotto per aiutare i suoi con la spesa. La vigilia di Natale sarebbe stata il giorno dopo e a quanto aveva capito Giorgio era tornato a casa con un gran numero di buste di cibo e bevande.

Con l'asciugamani sulla testa a coprire i capelli bagnati, Angela si guardò ancora una volta intorno. Quella camera aveva accolto Lorenzo per tutte le estati, sicuramente lui ci aveva passato molto tempo e trovarsi lì era occasione per conoscerlo meglio, per assaporare qualcosa del suo passato.

La stanza non era molto grande, ospitava semplicemente un letto a una piazza e mezzo (dove lei e Lorenzo avevano dormito insieme, benché non fosse certa che la madre apprezzasse la cosa), un armadio a ridosso del muro e una piccola scrivania con sopra qualche libro e gadget vari. I muri erano pieni di poster di calciatori, e Angela si rese conto solo in quel momento che prima di entrare lì non sapeva neppure quale fosse la sua squadra del cuore. In ogni caso, la sua attenzione fu attirata soprattutto dal collage di foto appeso al muro sopra la scrivania. Ebbe l'impulso di avvicinarsi per osservarlo meglio.

Le immagini ritraevano un Lorenzo più giovane, un ragazzino che ricordava solo vagamente la persona che lei aveva conosciuto. Il volto e le espressioni erano ovviamente le stesse, ma si intuiva che nel corso degli anni anche lui era cambiato molto. Abbigliamento sportivo, capelli a spazzola come si usavano allora e un'allegra scanzonatezza difficile da conservare crescendo. Osservò attentamente le foto che lo raffiguravano intento a tirare un pallone in un campo di calcetto, quelle in spiaggia con gli amici, una foto di gruppo davanti alla Tour Eiffel illuminata. In quasi tutte, ovviamente, c'era Sara con lui. Erano sempre abbracciati e sembravano così felici. Benché volesse evitarlo, guardò anche le foto in cui Lorenzo era solo con lei; ce n'era una in cui si baciavano dolcemente e Angela provò un'insensata stretta al cuore. Come poteva finire del tutto un amore così?

Era ancora imbambolata davanti alla cornice contenente il mix di foto, quando qualcuno bussò alla porta aperta, rivelando la propria presenza e facendola sobbalzare.

«Forse quelle dovrebbe toglierle adesso» considerò Lisa, entrando e intuendo subito i suoi pensieri.

«Mi hai spaventato» disse d'istinto Angela, mettendo una mano sul petto. L'asciugamani sulla sua testa scivolò via, rivelando i suoi riccioli naturali ancora un po' bagnati.

«Wow, hai i capelli ricci? Non sembrava. Stai bene così.»

«Ti ringrazio, ma preferisco stirarli.»

«È un peccato. Io pagherei per averli come i tuoi.»

«Ma anche tu hai dei capelli bellissimi.»

«Dici? Grazie» rispose Lisa toccandosi le punte non molto convinta. Poi continuò, euforica: «Domani cosa indosserai? Io ho comprato un vestitino rosso elegante, vuoi vederlo?»

«Oh… sì, con piacere. Io ancora non lo so.»

Era vero, non aveva assolutamente considerato che avrebbe dovuto vestirsi elegante per una semplice cena in famiglia. E oltretutto non credeva di avere portato in valigia qualcosa di adeguato.

Lisa corse nella sua stanza e riapparve poco dopo tenendo in mano un abito molto fine con ricami in pizzo sulle spalle e sulle braccia e una gonna che scendeva leggiadra.

«Ti piace?»

«Veramente bellissimo» confermò Angela vedendolo.

Lisa appariva davvero lieta che la sua scelta incontrasse i gusti di Angela.

«Tu e mio fratello mi sembrate molto felici insieme» aggiunse poi. «E lo sono anche io per voi. Spero sia sempre così.»

«È molto carino da parte tua. Grazie, lo spero anch'io.»

«Non farlo soffrire.»

Angela la vide diventare seria d'un tratto e si chiese come mai pensasse che ci fosse quella eventualità.

«È l'ultima cosa che vorrei.»

«Me lo auguro. Sai, quando lui è innamorato dona tutto se stesso, ma questa può essere un'arma a doppio taglio. Vedi gli amici che sono in quelle foto? Erano i suoi compagni di classe ed erano un gruppo molto unito all'inizio, ma poi si sono persi strada facendo, probabilmente perché lui era troppo preso da lei e li ha trascurati. Ma questo non è un bene, considerando com'è andata a finire. Mi fa piacere che adesso ci sia tu nella sua vita, ma non voglio più vederlo star male.»

«Tieni molto a lui» considerò Angela con un lieve sorriso.

«Più di ogni altra cosa.»

Il primo pranzo tutti insieme era andato relativamente bene. I genitori di Lorenzo non avevano tempestato Angela di domande spiacevoli come lui aveva temuto e non si era avvertito neppure un grande imbarazzo nell'aria. Anzi, Lorenzo aveva notato con piacere una certa intesa tra lei e Lisa, che si erano sorrise a vicenda in più di un'occasione.

Lo scoglio principale, comunque, era rappresentato dal cenone del giorno seguente, in cui si sarebbero riuniti lì con loro il nonno e gli zii paterni, con i figli al seguito, nonché la sorella maggiore di sua madre, che era vedova e senza figli.

Angela, però, lo aveva rassicurato dicendo che adorava le famiglie numerose e che era sempre stato un suo sogno *averne* una. Per cui non gli restava che sperare che qualche inevitabile intoppo di routine non la spaventasse troppo.

Quel pomeriggio, intanto, aveva intenzione di portarla in centro, farle fare un giro per negozi sul viale e farle visitare la facoltà di giurisprudenza, che l'aveva accompagnato negli anni migliori della sua vita, insieme a quelli del liceo.

La città era in festa, tutta decorata, e a piazza Cairoli troneggiava un grande albero di Natale creato con le luci. Passeggiarono mano nella mano, sereni.

Angela lo stupì positivamente in ben due occasioni.

La prima fu quando gli chiese di parlarle dei suoi amici che aveva visto in foto nella sua stanza.

Il ricordo di quel collage di foto destabilizzò Lorenzo per un attimo: si rese conto che Angela aveva sicuramente visto anche le sue foto con Sara. Lui era talmente abituato a quella camera che non si era reso conto di alcuni elementi ormai "fuori posto". Infatti, visto che normalmente Lorenzo trascorreva lì solo il periodo estivo, in cui praticamente tornava a casa solo per dormire, la camera era rimasta immutata per anni e anni.

In ogni caso, Angela era interessata al suo rapporto con i vecchi compagni di classe e non pareva disturbata dal resto.

Lorenzo gli raccontò di tutte le loro scorribande, del fatto che erano ragazzi fantastici e di come, purtroppo, piano piano si fossero persi di vista senza neppure rendersene conto.

«Perché non approfitti di queste vacanze per ricontattarli? Mi farebbe piacere conoscerli e vedervi di nuovo insieme.»

Era un'eventualità che lui non aveva assolutamente considerato, eppure fu lieto che lei l'avesse proposto e valutò di buon grado la possibilità di riallacciare i rapporti con loro.

Sapeva che qualcuno si era trasferito altrove, qualcun altro era rimasto in Sicilia, ma sicuramente tutti erano tornati a casa per le festività e sarebbe stato bello organizzare qualcosa insieme.

Angela lo sorprese una seconda volta quel pomeriggio, quando gli chiese se poteva aiutarla a scegliere un vestito da indossare la sera della vigilia di Natale. Fino a quel momento, non l'aveva mai vista con qualcosa di diverso da pantaloni e maglioni, se si escludeva il grembiule con cui lavorava e, ovviamente, la *mise* preferita da Lorenzo: l'intimo che indossava quando restava da lui.

Entrarono in un paio di negozi per dare un'occhiata, ma nonostante lui le proponesse un'infinità di ipotesi, lei sembrava titubante e non riusciva a decidere neppure cosa provare.

Dopo un po', l'attenzione di Lorenzo fu letteralmente captata da un tubino nero molto semplice, con lo scollo a cuore.

«Questo lo vedrei benissimo su di te» le disse con aria sognante.

«Ma non è il mio genere, mi sentirei in imbarazzo...»

«Provalo almeno, magari ti stupirà.»

«E va bene. In fondo non è molto appariscente ed è nero, due punti a suo favore» si convinse.

«E poi piace a me» aggiunse lui.

Quando Angela uscì dal camerino, il cuore di Lorenzo sussultò.

«Sei veramente incantevole.»

Il vestito era aderente e le cadeva alla perfezione, facendo risaltare la sua silhouette e mostrando le forme, ma senza risultare volgare o pretenzioso.

«Sei sicuro? Ma mi ci vedi vestita così davanti a tutta la tua famiglia?»

«Li stregherai! Anzi, dovresti indossare più spesso capi del genere, stai benissimo. Sembri un'altra, una modella...»

Quella frase, detta senza pensare, la fece annuvolare per un istante. Lorenzo si rese conto di poter sembrare superficiale ai suoi occhi, dimostrando di dare importanza a cose così futili come un abito, cose a cui lei di certo non aveva mai dato rilievo prima. Ma non trovò le parole per rimediare.

«Va bene, lo prendo» disse infine Angela, sebbene sembrasse ancora un po' perplessa.

Lui si illuminò. Era felice di averla convinta a osare, visto che poteva di certo permetterselo. Un piccolo passo verso una maggiore sicurezza e padronanza di sé.

Ovviamente, non era sua intenzione cambiarla. Lei era meravigliosa ai suoi occhi con tutto il pacchetto, timidezza e paure incluse, ma allo stesso tempo provava una certa sensazione di orgoglio quando sapeva di spingerla a superare i suoi limiti. Poteva fare tanto, bastava solo che ci credesse.

Angela insistette per pagare il vestito e Lorenzo a malincuore dovette arrendersi. Avrebbe tanto voluto regalarglielo, ma aveva già in mente qualcos'altro come dono per quel Natale.

Si stava già facendo buio e dunque proseguirono sulla strada diretti alla facoltà di giurisprudenza. Era una struttura molto grande e dal fascino antico, situata al centro di una piazza. Fortunatamente la trovarono aperta e poterono entrare.

Angela si guardava intorno ammirata e leggermente intimorita.

«Che solennità…» commentò restando sull'uscio di una delle aule.

«Già, è una delle università più antiche d'Italia.»

«Mi mette un po' i brividi.»

«A volte fa questo effetto» confermò Lorenzo, divertito dalla sua sincera spontaneità.

«Non so se sarei mai riuscita a trovarmi bene in un posto come questo.»

«Ti ci saresti abituata a lungo andare.»

Lei diventò stranamente silenziosa e rimase pensierosa anche quando uscirono. Che stesse effettivamente valutando l'eventualità di iscriversi all'università? Era difficile indovinarlo.

«A questo punto devo assolutamente farti assaggiare i famosi arancini e pitoni siciliani. Spero tu abbia molta fame, sarà la nostra cena, insieme agli immancabili cannoli per dessert» disse Lorenzo entusiasta.

A dispetto di quanto si potesse pensare, quello costituiva per lui uno dei modi migliori per passare la serata.

Aveva estrema nostalgia di quei sapori e non vedeva l'ora di farli scoprire anche ad Angela. Nessuno poteva competere con la Sicilia quanto ad arancini e cannoli.

Lei annuì sorridente, mentre entravano nel locale che esponeva un'estrema varietà di quelle leccornie, rendendo praticamente impossibile la scelta.

Erano ancora intenti ad analizzare il menù, quando Lorenzo si sentì chiamare. Voltandosi, riconobbe la madre di Sara e subito dopo suo marito che, accanto a lei, tratteneva attento dei vassoi di cibo da portar via. Lo guardarono con espressione a metà tra la sorpresa e l'amarezza.

Fu un vero colpo per lui incontrarli così, senza preavviso, senza che avesse pensato a come comportarsi con loro.

Quando Sara l'aveva lasciato, l'agosto scorso, aveva avuto modo di parlare con sua madre un paio di volte. Loro erano stati per anni come una seconda famiglia per lui e aveva sentito il bisogno di essere sincero, esprimendo tutta la sua tristezza per come era finita la storia. Da allora, però, era cambiato tutto e sicuramente ormai ne erano a conoscenza.

Infatti, notò che il loro sguardo si spostava a tratti su di lui, a tratti su Angela, che era ancora seduta in disparte senza avere la minima idea di cosa stesse succedendo.

«Che coincidenza incontrarvi qui» disse Lorenzo, in totale imbarazzo.

«Stiamo prendendo un po' di arancini da portare a casa. Sono i preferiti di Sara e vorremmo farla contenta» rispose lei.

Lorenzo abbassò gli occhi. Ovviamente sapeva che Sara li adorava, era inutile ricordarglielo. Ogni volta che poteva, infatti, andava a trovarlo all'università solo per poi poter passare da lì a fare uno spuntino.

«Già. Voi come state?»

«Tiriamo avanti» fu la secca risposta.

Lorenzo non si era mai trovato in una situazione così scomoda.

Nel corso della sua giovane vita aveva sempre fatto di tutto per comportarsi nel migliore dei modi in ogni occasione, per essere un esempio da seguire, un modello di integrità e correttezza. Ed era una cosa che gli riusciva piuttosto bene.

Guardando quei genitori afflitti dall'idea di una figlia che soffriva a causa sua, invece, si sentì per la prima volta colpevole oltre ogni misura.

«Mi dispiace per come sono andate le cose» riuscì a dire. «Voi sapete che ho voluto davvero bene a Sara e non la dimenticherò mai. Spero che possiate perdonarmi.»

«Sono cose che non ci riguardano» intervenne il padre di Sara, gelido.

«Tanti auguri di buon Natale» chiuse il discorso lei.

«Auguri a voi» fu tutto quello che rispose Lorenzo, mentre loro si voltavano per andar via.

Quando tornò vicino ad Angela, era ancora scosso.

«Erano i genitori di Sara.»

«Immaginavo, per questo ho preferito non avvicinarmi. Stai bene?»

«È difficile dirlo. Mi dispiace tremendamente.»

«Ti capisco…»

Angela si avvicinò e gli accarezzò i capelli, dandogli un bacio vicino alle labbra, con estrema dolcezza.

D'improvviso, quel contatto gli fece ricordare con una bruciante consapevolezza quanto lei lo rendesse felice, quanto fosse dipendente dal suo odore, dal candore del suo viso, quanto la desiderasse con ogni fibra del suo corpo.

Era vero, aveva dovuto prendere una decisione scomoda e come conseguenza una persona importante stava soffrendo a causa sua, ma non poteva mentire a se stesso e non ammettere che quella scelta azzardata fosse la cosa migliore che gli fosse mai capitata.

Non avrebbe rinunciato per nulla al mondo al suo irresistibile salto nel vuoto.

CAPITOLO XXII

La mattina seguente, Angela si svegliò avvolta da un delizioso profumino.

Non riusciva a distinguere esattamente di cosa si trattasse, ma sapeva di buono, di cibo fatto in casa, di gioia di stare insieme.

Lorenzo dormiva ancora accanto a lei. Lo svegliò con un bacio sulla guancia.

Adorava quel momento, poco prima che lui acquistasse la piena coscienza della realtà che lo circondava, quando per un piccolo frangente di secondo sembrava smarrito, indifeso. E poi la guardava e sorrideva leggermente, realizzando che anche in quel nuovo giorno lei ci sarebbe stata.

Anche per Angela, in fondo, sembrava ancora tutto troppo bello per essere vero.

L'intimità e la familiarità che avevano raggiunto in così poco tempo la spiazzavano letteralmente. Non aveva mai creduto possibile che ci si potesse legare tanto a una persona, tanto da considerarla indispensabile. E che si potesse stare così bene, sereni, appagati. Senza chiedere nient'altro.

Passare del tempo in compagnia della sua famiglia era stata per lei, sino a quel momento, un'ulteriore riprova di quanto tenesse a lui.

Benché li considerasse totalmente lontani dal suo modo di vivere e sentisse in cuor suo che non sarebbe mai stata totalmente a suo agio con loro, percepiva che stavano facendo del loro meglio per consentirle di adattarsi. E, soprattutto, erano parte di lui e le bastava questo per amarli alla follia.

«Dormito bene?» le chiese Lorenzo sottovoce.

«Benissimo, con te al mio fianco» rispose sorridendo.

Lui l'abbracciò e iniziò a baciarle il collo, facendole il solletico dappertutto con le dita.

«Fermo» disse Angela soffocando le risate. «Non voglio che ci sentano tutti…»

«Lascia che sappiano quanto siamo felici.»

«Credo si capisca anche solo con uno sguardo.»

Lorenzo sembrò affascinato dalla sua risposta e allentò la presa, accarezzandola dolcemente. «Che bella cosa hai detto» considerò guardandola intensamente.

In quello sguardo Angela colse il senso di tutto, la forza che muove il mondo, l'energia più potente che esiste. L'amore.

Nonostante non volesse interrompere un momento così magico, si sentiva in dovere di alzarsi e di andare a dare una mano in cucina.

Oltretutto le piaceva da morire l'idea di conoscere e far proprie le tradizioni della sua nuova "famiglia all'improvviso". Si era svegliata entusiasta e aveva tante sensazioni positive per quella serata di festa.

Nella sua vita era stata costretta a stare da sola per troppo tempo per non apprezzare l'idea di preparare una cena per tante persone, il caos di parenti che mangiano, bevono e si divertono, le risate, i brindisi, le urla e persino i litigi.

Non vedeva l'ora di scoprire cosa avrebbe provato, se si sarebbe sentita accettata, se sarebbe stata all'altezza delle aspettative.

Lorenzo assecondò il suo desiderio e insieme scesero al piano di sotto, offrendo il proprio aiuto.

Maria sembrava aver decisamente perso la sua aria altezzosa: con il grembiule sporco e le mani piene di farina, si dimenava tra il sugo sul fuoco e un enorme impasto per pizza ammassato sul tavolo, circondata da verdure e altri ingredienti disposti sul tagliere in attesa di essere utilizzati. Accettò di buon grado la loro proposta, vagamente stupita e impressionata. Probabilmente era abituata a fare tutto da sola.

Spiegò ad Angela che la tradizione contemplava la preparazione delle crespelle (una pastella fritta e condita con uva passa, acciughe o pomodori secchi), oltre che dei tipici pitoni siciliani, ossia calzoni fritti ripieni di pomodoro, mozzarella e verdure.

Inoltre, Maria di solito preparava anche una semplice passata di pomodoro per i più piccoli e per chi non gradiva il pesce, e gli spaghetti con le vongole per gli altri. Il secondo era costituito da baccalà fritto e grigliata di pesce.

Il dolce normalmente lo portavano gli zii e prevedeva l'immancabile panettone o pandoro e la cassata siciliana, ma quel giorno Maria aveva deciso di preparare anche qualche cannolo alla ricotta fatto in casa.

Angela restò sconvolta dalla quantità spropositata di cibo e di portate, ma considerò che forse era stata la sua famiglia a essere atipica rispetto a tutte le altre del sud, il cui proverbiale amore per il cibo si manifesta maggiormente proprio in queste occasioni.

Benché non riuscisse a capacitarsi di come si potesse mangiare così tanto, non disse nulla e fece del suo meglio per sfoggiare le sue capacità culinarie, ottenendo con orgoglio nel corso della mattinata più di un elogio da parte di Maria.

Lorenzo ben presto si fece da parte, restando a osservare il team perfetto che si era creato e l'intesa che Angela iniziava ad avere con la sua severa ma in fondo buona madre, che di certo non dispensava con leggerezza i propri complimenti.

Dopo il pranzo, in cui Angela tentò di mantenersi leggera in previsione della serata, e altre interminabili ore in cucina, finalmente arrivò il momento di lavare via l'odore di fritto che sembrava essersi impadronito di ogni meandro del suo corpo e di prepararsi per la cena.

Nel momento di indossare il vestito che Lorenzo l'aveva convinta a comprare, avvertì un inspiegabile senso di inquietudine. Nonostante i buoni propositi, sentiva come se stesse andando contro se stessa, fingendosi qualcun'altra.

Lorenzo bussò alla porta giusto in tempo perché lei gli chiedesse di aiutarla ad alzare la zip del vestito. Lui si avvicinò affascinato e quando fu alle sue spalle le attraversò lentamente tutto il corpo con le dita, provocandole dei brividi di piacere, prima di chiudere la cerniera e stringerla a sé baciandole il collo.

«Sei incredibilmente bella. Dico sul serio» le sussurrò all'orecchio.

Angela si guardò allo specchio, toccandosi il vestito. Effettivamente le stava magnificamente.

Perché allora si sentiva così strana? Perché non riusciva a essere sicura di sé come tutte le altre ragazze normali?

Il campanello suonò, preannunciando il momento del giudizio.

I primi ospiti erano arrivati e Angela fece uno sforzo enorme per decidersi a scendere le scale e andare a fronteggiare la situazione. La sensazione positiva che aveva avuto quella mattina era ormai svanita del tutto; ogni passo verso l'ingresso pesava come un macigno, il cuore le sussultava nel petto come se percepisse una catastrofe imminente. E purtroppo si rese conto solo in seguito che non si sbagliava.

«Zio Rocco, Zia Teresa, vi presento Angela» annunciò Lorenzo disinvolto, dopo aver abbracciato i suoi zii e salutato i cuginetti, due bambini rispettivamente di circa otto e dieci anni, che corsero immediatamente in cucina urlando come forsennati e urtando qualsiasi cosa fosse sul loro cammino.

«Piacere» si fece avanti Angela, sfoggiando un finto sorriso sereno e tendendo la mano.

Dopo qualche convenevole, i due si avviarono per porgere il dolce a Maria e si sistemarono in soggiorno. Primo piccolo ostacolo superato senza intoppi.

Fu al momento dell'arrivo dell'altra coppia di zii che le cose iniziarono a precipitare.

I due, che sembravano essere la coppia più matura rispetto al resto della famiglia, avevano un brufoloso figlio adolescente e sembravano essere sull'orlo di una furiosa litigata, visto che si guardavano in cagnesco tra loro sin dal momento in cui avevano messo piede in casa.

Angela sorrise, presentandosi, ma ricevette in cambio da entrambi degli sguardi che, benché in modo totalmente diverso, aumentarono esponenzialmente la sua agitazione.

La zia, Fabiana, parve squadrarla dalla testa ai piedi con aria di disapprovazione (avvalorando il timore di Angela di non essere vestita adeguatamente), mentre lo zio, Pino, le lanciò uno sguardo ammaliante che le diede subito il voltastomaco.

Tentando di ignorare quegli inequivocabili velati giudizi, si rivolse alla quarta persona che era con loro, trasportata con la sedia a rotelle dal ragazzino, e in un batter d'occhio il malumore che l'aveva colta si trasformò in tenerezza: era il nonno di Lorenzo, che portava anche il suo stesso nome.

Di corporatura esile, con i capelli bianchi e un viso bonario, ricordò subito ad Angela una versione più anziana di suo figlio Giorgio, il padre di Lorenzo. Il nipote l'abbracciò felice e lui socchiuse gli occhi con un tenue sorriso, rivelando incontrovertibilmente il profondo legame che avevano e di cui Lorenzo aveva spesso parlato ad Angela.

Lorenzo senior si rivolse a lei, che nel frattempo si era completamente persa in quell'abbraccio, osservandoli con la triste malinconia di chi aveva perso i nonni troppo presto, senza aver mai davvero instaurato un legame con nessuno di loro, e rendendosi conto di quanto ciò le fosse mancato, quasi quanto il rapporto perduto con i suoi genitori.

«Ciao mia cara Sara, come stai?» chiese il nonno sorridente, suscitando il tremendo imbarazzo di Angela, che si pietrificò nel rendersi conto che l'anziano l'aveva scambiata per l'ex ragazza di Lorenzo.

«No, nonno, lei non è Sara. Si chiama Angela, ti piace? Non è bellissima?» intervenne subito Lorenzo, per sciogliere l'imbarazzo. «Scusa, ha qualche problema con la cataratta e non vede bene» lo giustificò poi parlando all'orecchio di Angela, vistosamente mortificato per l'accaduto.

Il nonno annuì felice, ma Angela ebbe il dubbio che non avesse realmente capito chi lei fosse.

L'ultima ad arrivare fu la sorella di Maria, una versione moderna e incredibilmente calzante di Morticia Addams, vestita di nero e dallo sguardo tetro che fece rabbrividire Angela.

I segni del tempo e di un avverso destino fatto di solitudine sembravano aver infierito brutalmente su di lei, ma manifestò comunque un accenno di sorriso nel salutare Angela, Lorenzo e il resto della famiglia, circostanza che bastò a far intuire che almeno si stesse sforzando di apparire in pace col mondo.

Prima che tutti si sedessero a tavola, accuratamente apparecchiata con la tovaglia e i tovaglioli rigorosamente a tema natalizio, piatti di porcellana e posate lucenti, Maria si premurò di lodare Angela davanti alle altre donne della casa, sottolineando che per la prima volta aveva ricevuto un valido aiuto in cucina. Angela fu realmente lieta di quell'inaspettato encomio, benché colse un lieve rammarico nello sguardo di Lisa, che probabilmente si sentiva in difetto per essere stata chiusa in camera tutto il giorno a studiare per recuperare in vista della sessione di esami di gennaio, stando a ciò che le aveva detto.

La cena iniziò e per un po' tutto parve andar bene, con il nonno che allietava tutti con i suoi aneddoti divertenti, benché totalmente sconnessi dal contesto, e i complimenti a Maria per le ottime crespelle.

Dopo poco, però, l'attenzione si concentrò inevitabilmente sulla nuova arrivata in famiglia.

«Allora, Angela, raccontaci qualcosa di te. Cosa fai nella vita?» le chiese Teresa, la zia più giovane, facendole raggelare il sangue.

Sapeva di non avere nulla di cui vergognarsi né da temere, ma la verità era che Angela odiava da sempre parlare di sé, era la cosa che la bloccava e la terrorizzava più di ogni altra, persino più dell'idea di salire su un ascensore.

Forse perché pensava che la gente non avrebbe mai potuto capire, forse perché la sua vita era stata troppo complicata per poterla riassumere così, in due parole, a degli sconosciuti.

Avrebbe potuto gestire con nonchalance un gruppo di venti clienti al bar senza il minimo problema, mostrandosi ai loro occhi persino solare ed estroversa, piuttosto che rispondere alla domanda di una sola persona su qualcosa che la riguardava.

Ma non era più il momento di restare impietrita di fronte alle proprie insicurezze, era il tempo di affrontarle, di reagire a testa alta.

«Lavoro in un bar a Milano.»

«Bene, brava, ti dai da fare» intervenne suo marito Rocco. «E hai anche qualche altro sogno nel cassetto?»

Lorenzo aprì la bocca per intervenire, probabilmente intuendo che Angela non era esattamente felice di rispondere a un numero imprecisato di domande sul suo conto, per di più davanti a tutta la famiglia riunita, ma lei lo precedette, e la sua risposta lo lasciò a bocca aperta.

«In effetti stavo pensando di iscrivermi all'università, in psicologia. Mi incuriosisce la psiche delle persone, il perché agiscano in un determinato modo, i meccanismi interiori.»

Lorenzo la guardava stupito, sicuramente chiedendosi come mai lui non avesse idea di quella sua segreta intenzione. Angela gli rivolse uno sguardo colmo di significati, sperando che lui capisse che aveva elaborato solo in quel momento la serie di segnali che la sua mente le mandava da mesi, forse anni.

Il desiderio di studiare, di fare qualcosa di più nella sua vita, non l'aveva mai realmente abbandonata, ciò che le era mancata era la consapevolezza di poterci riuscire. Ma ormai da qualche tempo tutto stava cambiando dentro di sé. E si manifestava inaspettatamente persino per lei.

Incrociò senza volerlo lo sguardo di Maria, che sorrideva compiaciuta. L'aveva conquistata. E non poteva credere che fosse successo davvero.

«Wow, bello» disse Lisa. «Sarebbe piaciuto anche a me, ma sono stata costretta a fare giurisprudenza!»

«Nessuno ti ha costretto» ribatté Maria, tornando gelida come sua consuetudine.

«Più o meno...» obiettò timidamente lei, suscitando una risata generale, poiché tutti conoscevano la severa educazione che Maria impartiva ai suoi figli, la quale consisteva principalmente nell'evitare accuratamente di essere contraddetta nelle proprie convinzioni.

«Angela, tu di dove sei? Un giorno conosceremo anche la tua famiglia?» riprese Rocco, spostando nuovamente gli occhi di tutti su Angela, che sperava invece di aver superato la fase più critica.

A quel punto, accolse con estremo piacere l'intervento di Lorenzo, che rispose per lei chiudendo l'argomento.

«Angela è di origini calabresi. Adesso però non tartassatela di domande, vi prego. Godiamoci la cena.»

Lei lo guardò con gratitudine, stringendo la sua mano sotto il tavolo, senza che nessuno la vedesse. Sapeva quanto fosse difficile per lei ed era accorso in suo aiuto, come un principe sul cavallo bianco, a tirarla via dai guai. Lo amava ogni istante di più, anche per quelle piccole cose.

Durante tutta la serata, Angela avvertì però su di sé quello stesso sguardo malizioso che Pino, il marito della sorella di Giorgio, continuava a rivolgerle.

Si chiese se per caso fosse il suo abituale modo di guardare le persone o se lo riservasse solo per lei, e sperò con tutta se stessa che la prima ipotesi fosse quella corretta. Benché si impose di non ricambiare neppure per un secondo le sue occhiate languide, notò con la coda dell'occhio che lo zio si riempiva il bicchiere di vino in modo un po' troppo frequente. Diventò infatti ben presto brillo e iniziò a ridere senza motivo ogni volta che qualcuno apriva bocca, mentre la moglie lo rimproverava stancamente, dandogli dei piccoli colpetti quando sembrava che stesse esagerando.

Forse fu a causa sua e della sensazione di inquietudine che le provocava che Angela avvertì l'esigenza di allontanarsi un attimo per rinfrescarsi. Così, verso la fine della cena, mentre Maria e Teresa iniziavano a servire il dolce, si scusò e si allontanò. Ritrovatasi sola, in bagno, si guardò allo specchio: era calda e un po' arrossata, probabilmente per tutta la tensione che aveva accumulato per cose stupide come il vestito o il timore di non piacere ai parenti di Lorenzo. Ma per fortuna ormai la serata volgeva al termine e poteva finalmente rilassarsi.

Quando aprì la porta del bagno per tornare in sala da pranzo, però, sobbalzò. Davanti a lei c'erano i due cuginetti di Lorenzo, i figli di Rocco e Teresa, che la guardavano con l'aria furba e il sorriso astuto di chi sta per compiere una marachella.

«Ciao piccoli, mi fate passare?» disse sorridendo loro gentilmente.

«Dove vuoi andare?» rispose il più piccolo.

«Devi prima pagare il biglietto» scherzò l'altro.

«Allora fatemi andare a prendere i soldi» rispose lei, stando al gioco e cercando di passare.

La risposta però non bastò a convincerli dato che, con un guizzo, subito si spostarono di nuovo davanti a lei, guardandola ancora con l'espressione maligna negli occhi che brillavano.

Angela non sapeva bene come comportarsi. Non voleva essere brusca con i bambini, sgridandoli o spingendoli via, ma vedersi privata della libertà di uscire dal bagno non era per lei un semplice scherzo come sicuramente appariva in quel momento ai loro occhi. Per lei era molto più grave, limitante.

Non voleva neppure alzare la voce per non suscitare dei malintesi con gli altri parenti, facendo creder loro che stesse succedendo qualcosa e rischiando oltretutto di sembrare esagerata. Era praticamente impotente.

Il giochino di spostarsi bloccandole l'uscita continuò, vanificando tutti i suoi tentativi di divincolarsi, quando uno dei bambini, prendendosi di coraggio, la spinse di nuovo dentro il bagno e l'altro, con un movimento fulmineo, prese la chiave dalla serratura e chiuse la porta.

Sentendo la chiave che girava, bloccandola dentro, Angela si sentì mancare. Per un istante, fu come ritrovarsi in un incubo in cui veniva costretta ripetutamente a rivivere il trauma di essere sequestrata contro la sua volontà.

Il cuore prese a batterle all'impazzata e la bocca divenne secca. Stava per avere un attacco di panico.

Si impose di calmarsi. Razionalmente, sapeva che Lorenzo era lì, a pochi passi di distanza; si sarebbe accorto presto della sua assenza e sarebbe andato a liberarla. Ma la paura l'attanagliava comunque, impedendole di respirare regolarmente.

Alla fine, dopo pochi minuti, avvertì di nuovo il rumore metallico della chiave nella serratura. Si sforzò di compiere i pochi passi che la separavano dall'uscita e di aprire la porta, con le gambe che le tremavano. Vide i bambini che ridevano in lontananza, fieri di essere riusciti nella loro impresa.

«Angela, tutto bene?» chiese in quel momento Lorenzo, affacciandosi dalla porta, visto che lei non tornava.

Per la prima volta da quando stavano insieme, lo guardò con occhi vuoti, gli parve distante anni luce da lei e capì di non avere le parole per confidarsi, per rifugiarsi in lui.

Si vergognava di se stessa per essersi sentita ancora così debole, così insicura. Aveva creduto di essere ormai invincibile, di aver superato tutte le sue paure, e invece erano bastati due piccoli monelli per farla crollare completamente.

Tornò dagli altri senza dire niente, ancora profondamente turbata. Arrivò finalmente la mezzanotte e tutti si scambiarono gli auguri, i bambini aprirono i regali, mentre lei fingeva di star bene.

Lorenzo la baciò e sussurrò:

«Il nostro primo Natale insieme...»

Angela, invece, voleva solo andare via. Stare da sola, per riprendere in mano le sue certezze.

Attese pazientemente che gli ospiti si congedassero, perché l'ultima cosa che voleva era che qualcuno notasse la sua fragilità.

Riacquisita finalmente la tranquillità in casa, corse al piano di sopra e si cambiò immediatamente, gettando sul letto quel vestito che non l'aveva fatta sentire a proprio agio per tutta la serata.

Prese la borsa, vi estrasse il regalo che con tanta cura aveva tenuto nascosto a Lorenzo fino a quel momento, si mise il cappotto e uscì senza essere notata.

Quando Lorenzo entrò nella sua camera, percepì subito che qualcosa non andava. Ricevette un segnale d'allarme immediato: la prima cosa che vide fu il tubino nero di Angela riverso ai piedi del letto. Da quando la conosceva non le aveva mai visto lasciare qualcosa in disordine, non era da lei.

Guardandosi intorno, notò poi che mancava la sua borsa, che di solito era appesa a un pomello vicino alla scrivania. Sul tavolo, invece, giaceva un pacco confezionato a mano che aveva tutta l'aria di essere un regalo natalizio.

In un primo momento, pensò che si fosse allontanata in fretta per fargli trovare la sorpresa, così uscì dalla camera e iniziò a cercarla per la casa. Tuttavia, mancava anche il suo cappotto dall'appendiabiti.

Possibile che fosse uscita senza dirgli niente? Magari voleva star via giusto per dargli il tempo di aprire il regalo senza di lei. Ma la cosa gli parve comunque un po' sospetta.

Senza dir nulla al resto della famiglia, che nel frattempo si stava già preparando per andare a dormire, tornò in camera e provò a chiamarla al telefono. Nessuna risposta.

Iniziò a preoccuparsi, non voleva che stesse tutta sola chissà dove. La chiamò di nuovo e subito dopo ricevette un sms:

Avevo bisogno di restare sola.
Non dipende da te, tu sei fantastico.
Lasciami solo un po' di tempo, e perdonami.

Quel messaggio gli spezzò il cuore. Allora era davvero successo qualcosa. Forse la pressione di essere sotto gli occhi di tutti i suoi parenti era stata troppo per lei, forse non era abituata, forse tutte quelle domande l'avevano stranita. Eppure durante la cena sembrava andasse tutto bene.

In realtà l'aveva vista vagamente malinconica soltanto alla fine; mentre tutti si scambiavano gli auguri, Angela sembrava avere uno sguardo spento. Ma lì per lì Lorenzo non vi aveva dato peso, e invece aveva sbagliato.

Probabilmente le occasioni di festa sono ancora più difficili da sopportare per chi porta dentro un dolore che non riesce a esprimere.

Lorenzo si sentì tremendamente in colpa per non essersene reso conto in tempo. Si sedette sul letto, proprio accanto al vestito che le stava così bene, ma che non aveva valore se non c'era lei a indossarlo. Con le mani sulla fronte, era incapace di decidere come agire.

Doveva rispettare la sua volontà o insistere perché tornasse da lui?

Il suo unico desiderio era stringerla tra le braccia e farle capire che non aveva motivo di star male, che insieme avrebbero affrontato tutto, che non le avrebbe mai più fatto fare qualcosa per la quale non era ancora pronta. Ma lei andandosene gli aveva impedito ogni contatto, ogni possibilità di farla stare meglio.

Era notte, le strade potevano essere pericolose, anche se lei sapeva di certo cavarsela.

Doveva andare a cercarla? Non aveva idea da dove iniziare; Angela poteva essere uscita a piedi da sola, e in quel caso l'avrebbe potuta trovare facilmente, ma se per caso avesse chiamato un taxi per potersi allontanare?

Decise di provare a scriverle un messaggio, almeno quello l'avrebbe letto.

Dimmi dove sei.
Qualsiasi cosa sia successa, la risolviamo insieme.

Sperò con tutto se stesso che Angela rispondesse. Non poteva accettare di lasciarla da sola la notte di Natale, soprattutto sapendo che non stava bene, che qualcosa sicuramente la stava tormentando.

Si alzò, camminando avanti e indietro per la camera, sempre più inquieto. Capì con certezza che, in un modo o nell'altro, di sicuro avrebbe passato la notte in bianco.

L'occhio gli cadde di nuovo sul regalo appoggiato sulla scrivania. Se l'aveva lasciato lì, sicuramente Angela voleva che lui l'aprisse. Con un senso di vuoto che di certo non avrebbe mai immaginato di provare nello scartare un pacco di Natale, tirò via la carta dorata con gli stampi fatti di strass luminosi e raffiguranti Babbo Natale e le renne, per rivelare qualcosa che gli diede il colpo di grazia al cuore. Dentro alla cornice d'argento con dei rilievi a forma di cuoricino, seduti a terra in un parco e circondati dall'erba verde, due volti sorridenti lo osservavano da una fotografia. Erano due volti che solo da poco facevano parte della sua vita, ma che amava già più di ogni altro: Angela gli aveva regalato una foto di lei e Bud, abbracciati e felici.

Era la prima volta che Lorenzo aveva una sua foto, escluse quelle che lui le faceva di nascosto col suo cellulare, perché lei non voleva mai mettersi in posa, ed era bella più che mai. Con gli occhi azzurri che spiccavano e il sorriso più splendente del mondo. Strinse la cornice al petto e sentì un dolore che non voleva più provare. Un senso di sconfitta, di perdita, di paura che il centro del suo universo gli si sbriciolasse tra le mani un'altra volta.

Ma questa volta avrebbe fatto di tutto per impedirlo.

Prese le chiavi della macchina e uscì senza fare rumore. Non sapeva dove sarebbe andato, ma l'avrebbe trovata.

Angela, sto uscendo a cercarti.
È Natale, io non ti lascio.

Mentre vagava per le strade semideserte, non passò molto che ricevette finalmente una chiamata da parte di Angela. Lo avvertì di trovarsi in un bed & breakfast a poca distanza da lì, così lui accorse immediatamente.

Una volta trovatosi di fronte a lei, che lo fece entrare in camera, tutta la preoccupazione per la sua incolumità si sciolse e fu pervaso, senza che potesse impedirlo, da una sensazione di rabbia, delusione.

«Scusami, mi dispiace» disse subito lei, contrita.

«Cosa ti è venuto in mente? Non puoi sparire di punto in bianco, mi hai fatto spaventare, mi hai fatto star male. Cosa ho fatto per meritarmi questo?»

«Tu non hai fatto niente, il problema sono io, sono sempre io.»

«Ma lo capisci che queste spiegazioni non mi bastano più? Se c'è qualcosa che non va, parlane con me. Scappare non è mai la soluzione.»

«Mi mancava l'aria, avevo bisogno di uscire. Non volevo farti preoccupare, ho pensato solo che dovevo andar via.»

«Mi dispiace se la mia famiglia ti ha creato problemi, non ti metterò più in queste situazioni. Ma io sto investendo tanto su di noi, io credo in noi. Agendo così mi fai dubitare di tutto…»

Angela fu duramente colpita da quest'ultima frase, d'improvviso parve perdere tutte le forze e si accasciò sul letto, distrutta.

«Forse hai sbagliato sin dall'inizio a credere in me.»

Lorenzo si sentì smarrito, d'un tratto voleva solo abbracciarla. Sapeva che aveva soltanto peggiorato la situazione prendendosela con lei, ma la tensione accumulata gli aveva impedito di ragionare.

Si sedette sul letto accanto a lei.

«Non dire così, ti prego. Ti chiedo solo di fidarti di me, di chiedere il mio aiuto quando non stai bene, di non escludermi, nemmeno per le cose più stupide o di cui ti vergogni.»

Sentendo queste parole lei abbassò lo sguardò e Lorenzo percepì che c'era qualcosa che non gli stava dicendo.

Non voleva infierire oltre, però, quindi cercò un modo per tirarla su.

«Ho trovato il tuo regalo, siete meravigliosi in quella foto. Grazie, è stato un gesto molto significativo.»

Lei sorrise con le lacrime che iniziavano a riempirle gli occhi. Lorenzo non sapeva dire se fossero di gioia o di tristezza, o un insieme delle due. A volte Angela era davvero indecifrabile per lui, suo malgrado.

Non sopportava la distanza che si era creata tra loro, così la prese in braccio delicatamente e la fece adagiare sulle sue ginocchia. Lei si abbandonò tra le sue braccia e appoggiando la testa al suo petto non riuscì più a trattenere le lacrime.

«Mi sento così male per averti deluso.»

«Dimmi solo che non farai mai più una cosa del genere.»

«Te lo prometto.»

Quando Angela iniziò a placarsi, Lorenzo si spostò un attimo e prese dalla tasca il suo regalo per lei.

«Questo forse potrà darti un'idea del fatto che io penso a lungo termine, molto più a lungo di così…» disse porgendole una busta.

Angela lo guardò confusa, poi si asciugò gli occhi arrossati e prese in mano la busta.

Era la persona allo stesso tempo più fragile e più forte che lui avesse mai conosciuto. L'ammirava per la tenacia con cui si era costruita una vita partendo dal nulla, ma si sentiva anche in dovere di tutelarla dalla cattiveria del mondo circostante, per impedire a chiunque di fare ancora del male a un fiore così raro e puro.

Quando aprì il suo regalo, Angela strabuzzò gli occhi per l'incredulità. Dentro la busta c'era una cartolina raffigurante la Statua della Libertà e due biglietti aerei per un viaggio a New York previsto per la prossima primavera. Sul retro della cartolina, Lorenzo aveva scritto: "Sei pronta a sognare a occhi aperti?".

Angela si mise le mani sul viso, emozionata.

«Non ci posso credere, l'hai fatto davvero.»

«Ogni promessa è debito…»

Angela rimase ancora un po' imbambolata, quasi a voler realizzare a pieno la portata di quel regalo inaspettato.

«Andrò a trovare mio padre…» sussurrò infine.

«Solo se te la sentirai.»

«Sai che ti dico? Non vedo l'ora. Grazie, è il regalo più bello del mondo.»

Angela lo strinse più forte, prendendogli il viso tra le mani, tastandolo come se volesse davvero accertarsi che fosse reale, come se non credesse di meritare tutta quella devozione, quell'amore che non aveva mai avuto prima e che probabilmente non sapeva neanche esistesse.

Poi lo baciò con passione, come fosse la prima volta. Aveva la bocca più calda che mai e il tocco della sua lingua morbida lo fece vibrare di piacere.

Non avevano più avuto quei momenti di così profonda intimità da quando erano partiti per la Sicilia e l'agitazione provata nelle ore precedenti rendeva il loro contatto ancora più intenso e voluto.

Angela si spogliò, continuando a baciarlo e spingendolo giù, sul materasso ricoperto dalle lenzuola pulite dell'albergo.

E Lorenzo dovette perdersi completamente dentro di lei per poter percepire con certezza di averla finalmente ritrovata.

CAPITOLO XXIII

Angela non rivelò a Lorenzo quello che era successo la vigilia di Natale in casa dei suoi genitori. Decise, pur sapendo di sbagliare, che sarebbe stato meglio se lui non lo sapesse. Non voleva mettere in cattiva luce i suoi adorati cugini né farlo preoccupare oltre il dovuto per il suo conseguente crollo emotivo. In cuor suo, sentiva di averlo ormai superato e di essere ogni giorno più forte del precedente.

Lorenzo, con la sua tenacia, le aveva dimostrato oltre ogni dubbio che non era più sola, che le difficoltà hanno un peso minore, se affrontate insieme.

Infatti, nonostante lei si fosse comportata in un modo che agli occhi di chiunque altro poteva apparire totalmente ingiustificato e biasimabile, lui era stato caparbio e aveva trasformato quella che poteva essere una notte da incubo in una delle più belle trascorse insieme. Gliene era profondamente riconoscente.

Anche i giorni successivi furono intensi e pieni d'amore.

Lorenzo riuscì a ritagliare dei momenti tutti per loro, portandola nei posti più significativi della sua vita e facendole provare esperienze indimenticabili.

Un giorno passeggiavano godendo della romantica atmosfera del lago di Ganzirri, per poi gustare le ottime specialità di pesce in uno dei ristoranti lì vicino, quello dopo visitavano Taormina e le sue stradine caratteristiche colme di souvenir, perdendosi nella bellezza del panorama che si stagliava di fronte a loro come nel più mozzafiato dei dipinti.

Passarono del tempo anche con gli amici di Lorenzo, che avevano esaudito il suo desiderio di approfittare delle vacanze natalizie per rivedersi. E fu occasione per Angela di conoscere un Lorenzo nuovo, diverso, più simpatico e spigliato.

Quei ragazzi erano stati complici di molte fra le più importanti esperienze della sua adolescenza, e Angela era avida di divorare ogni racconto, ogni battuta che le parlava di lui.

Si stupì di come fosse stato facile per loro considerarla sin da subito parte del gruppo.

Persino avere degli amici era una cosa del tutto nuova per lei; lei che aveva evitato accuratamente di instaurare dei legami duraturi con chiunque, per paura di essere ferita ancora e ancora.

Aveva ormai solo un vago ricordo di Cosimo e Rosa, Martina, Jessica e gli altri suoi compagni delle elementari, gli unici che avesse mai considerato amici, prima di chiudersi definitivamente in se stessa.

E adesso si ritrovava per le strade di una città che stava imparando a conoscere, a ridere e scherzare con i suoi coetanei senza sentirsi, incredibilmente, un'aliena proveniente da un pianeta lontano.

C'era solo un unico pensiero che sporcava ogni tanto la perfezione di quei momenti; era il pensiero di Sara, che si materializzava a volte d'improvviso come una tremenda realtà da non dimenticare, quando qualcuno inevitabilmente la nominava e poi si ammutoliva, temendo di apparire inopportuno. Lei era stata al suo posto in quel gruppo, aveva condiviso con loro le stesse esperienze che raccontavano e che Angela invece poteva solo immaginare.

Uno degli amici aveva persino provato a contattarla, per includerla nei loro incontri, ma lei aveva gentilmente declinato l'offerta.

Angela non la conosceva praticamente per niente, se non per le limitate e fugaci occasioni in cui l'aveva vista e per quello che le dicevano di lei, ma sapeva bene cosa si provava nel perdere tutte le proprie certezze, i propri affetti, nel ritrovarsi da sola. E per questo non poteva che sentirsi solidale con lei, per quanto potesse sembrare difficile da credere.

Le augurò, in cuor suo, di poter essere di nuovo felice come finalmente, dopo così tanto tempo, sentiva di essere lei.

La settimana trascorse in fretta, tra uscite, gite e momenti con la famiglia a cui Angela ormai voleva bene come fosse la propria, e per fortuna non ci fu più occasione di incontrare gli zii e il resto dei parenti, anche perché Lorenzo ebbe la stupenda idea di passare il Capodanno da solo con lei.

Angela seppe solo in seguito che non avrebbe dovuto mai più preoccuparsi di rivedere l'inquietante zio Pino, dato che lui e sua moglie dopo qualche mese si separarono.

Per festeggiare l'ultimo giorno dell'anno, Lorenzo la portò in una suite da sogno a pochi passi dal centro della città. E mentre il mondo fuori era in trepidante attesa per l'ultimo countdown, per loro tutto ciò che contava era essere insieme.

Allo scoccare della mezzanotte, lo scintillante sfrigolare dei fuochi d'artificio consacrò l'inizio del 2018 e Angela, abbracciata al suo amore, sentiva il cuore gonfio di speranza e di gratitudine, non solo per lui che le aveva letteralmente stravolto la vita, ma anche semplicemente per sé, per essere quella che era e per non aver mai mollato.

Guardandosi attraverso i suoi occhi, aveva riscoperto se stessa e riacquisito, gradualmente, la consapevolezza del proprio valore.

Fu una notte magica, densa di tutto ciò che non era necessario esprimere a parole. Angela sentiva il cuore di Lorenzo battere per lei, il suo corpo che l'avvolgeva, le anime che si fondevano mentre assaporavano l'essenza della loro unione indistruttibile. Nulla avrebbe mai potuto spezzare quel legame.

Passò qualche altro giorno e l'ebbrezza del clima di festa lasciò inesorabilmente posto al peso del rientro a Milano e alla vita frenetica di tutti i giorni. In un momento di tranquillità, Lorenzo e Angela si ritrovarono a confrontarsi sui loro progetti futuri.

«Parlavi sul serio quando dicevi dell'università?» le chiese lui.

«Era una cosa che mi frullava per la testa da tempo, ma solo in quel momento l'ho realmente considerata come una concreta possibilità. Tu cosa ne pensi?»

«Inutile dirlo, penso che devi seguire le tue aspirazioni.»

«Grazie, sono felice di avere il tuo appoggio. Non so se sarò in grado, come mi troverò, ma vorrei almeno provarci.»

«Andrai oltre tutte le aspettative e sarai bravissima, non ho dubbi.»

«Sei un tesoro. So già che mi mancherà il bar… e Monica. Magari potrei continuare a lavorare per un po' anche mentre studio, giusto il tempo di vedere come si metteranno le cose.»

«Mi sembra un ottimo piano. Sai, anche io in questi giorni ho pensato che non so se voglio davvero diventare un magistrato.»

«Non era ciò che desideravi?»

«Forse mi ero solo appropriato del sogno di mia madre e di mio nonno prima di lei. Forse il mio vero destino è fare l'avvocato. Il breve periodo di pratica forense è stato davvero illuminante, ho scoperto che questo lavoro non è come lo descrivono né come me lo immaginavo. Senza rendermene conto ho iniziato ad appassionarmi ai casi, ho compreso i problemi della gente e ho contribuito a risolverli. È stata un'esperienza che mi ha cambiato e che mi spinge a voler fare di più, a diventare un bravo avvocato e ad aiutare le persone.»

«Sembra davvero che tu abbia trovato la tua strada.»

«È già tanto.»

«Sono d'accordo. Dunque a Milano inizierà una nuova vita per entrambi.»

«C'è anche un'altra cosa che vorrei dirti. Mi piacerebbe tornare qui un giorno, restare dove ci sono le mie radici e tutto ciò che conta per me. Ovviamente solo se anche tu lo vorrai.»

«Non avrei mai pensato di dirlo, ma mi è mancata l'aria frizzante dello Stretto, il clima, il mare, la cordialità della gente del Sud, le stradine strette che profumano di buon cibo e i panni stesi al sole. Sì, sarei felice di vivere qui.»

Lorenzo sembrò incredulo ed entusiasta della sua risposta. L'abbracciò e la strinse a sé. Ogni cosa sembrava stesse prendendo il giusto posto, incastrandosi alla perfezione come tanti piccoli pezzi di un meraviglioso puzzle raffigurante le loro vite.

Il momento di salutare la famiglia fu più difficile del previsto; di nuovo fermi sull'uscio, stavolta pronti a lasciarselo alle spalle.

Bud, che in quei giorni si era ambientato benissimo anche con gli altri cani di casa, percepì subito l'aria di cambiamento. Poiché la pazienza non era di certo una delle sue qualità migliori, da quando gli avevano messo il guinzaglio non la smetteva di correre intorno e saltare felice. Forse anche lui sapeva che stava tornando alla sua routine.

Lisa si commosse e non perse occasione di ricordare quanto le sarebbe mancato il fratello; anche Maria fece trasparire leggermente la propria emozione, ma subito si nascose in un abbraccio per non rischiare di mostrarsi vulnerabile. Giorgio, che non avrebbe dovuto salutarli perché era designato per accompagnarli alla stazione, si promulgò comunque in un numero infinito di abbracci al figlio, accodandosi al resto della famiglia.

Angela sorrideva nell'assistere alla complicità e all'unione che c'era fra loro. Ed era meraviglioso sentire di poterne essere parte, seppur in misura ridotta.

«È solo un arrivederci» ricordò loro Lorenzo. «Torneremo presto.»

«Non so come ringraziarvi per avermi fatto sentire come a casa. Siete persone stupende e sono onorata di avervi conosciuto e di essere stata vostra ospite» disse Angela, lasciando libero sfogo alla sua gratitudine.

«Il piacere è stato nostro» rispose Maria, con un lieve sorriso.

Il rapporto che Angela aveva instaurato con lei era sicuramente il regalo più bello, l'avrebbe portato con sé e ne avrebbe fatto tesoro.

Mentre si allontanavano, circondati da amore incondizionato, Angela comprese però che le mancava ancora qualcosa. Qualcosa che doveva assolutamente fare per potersi finalmente sentire completa.

«Mi dispiace di averti dovuto coinvolgere in questa deviazione» disse Angela mentre, col cuore in gola, scendeva dal treno alla stazione di Reggio Calabria centrale. «Adesso dovremo acquistare degli altri biglietti.»

«Ci sono migliaia di altri treni» rispose Lorenzo, guardandola con tenerezza «ma solo poche possibilità nella vita di affrontare i fantasmi del proprio passato.»

«Sapevo che avresti capito» affermò Angela stringendogli più forte la mano, che non riusciva a lasciare da quando il treno si era fermato sfrigolando, rendendo ormai ineluttabile la sfida che aveva deciso di intraprendere.

Non sapeva neppure lei in quale parte più profonda di sé aveva ritrovato la forza di compiere quella scelta, né come o se sarebbe riuscita a portarla a termine, senza risultarne completamente distrutta, svuotata, di nuovo, di ogni certezza che faticosamente aveva acquisito.

Ma sentiva di doverlo fare, di dover aggiungere un tassello alle fondamenta ricostruite della propria integrità, prima di provare a ergere il meraviglioso e solido castello che avrebbe rappresentato la sua nuova vita con Lorenzo.

Si guardò intorno, non poteva credere di trovarsi nuovamente nella città che aveva ospitato la sua infanzia e che senza voltarsi indietro si era lasciata alle spalle.

Tutto sembrava rimasto immutato, fermo come in una cartolina sbiadita che non si riesce a smettere di guardare.

Eppure tutto era così diverso in quella fresca mattinata di gennaio, con le decorazioni natalizie ancora onnipresenti sulle strade, e nuovi bar, nuovi locali che aprivano per poi, forse, dover chiudere i battenti.

Faticosamente, ignorando il battito che accelerava, salì sul taxi che li avrebbe portati, nel giro di pochi minuti, presso la casa circondariale di Reggio Calabria, dove sua madre, Rosalba, era internata.

Mentre l'auto si avvicinava, aggirando le inferriate esterne che circondavano la struttura, Angela cercò di ignorare il senso di oppressione provocato dall'idea di sua madre rinchiusa lì dentro da anni. Non sapeva cosa avrebbe provato nel rivederla, come l'avrebbe trovata, non sapeva neppure se lei desiderasse quell'incontro.

Sarebbe stato devastante vedere il suo volto dopo tutto quello che entrambe avevano passato o l'avrebbe ritenuto, nonostante tutto, familiare e rassicurante? Angela si sarebbe sentita come se stesse guardando una distorta immagine di sé allo specchio o avrebbe incontrato una persona totalmente diversa da quella che ricordava?

A quel punto, ognuna delle contrastanti ipotesi appariva plausibile.

Arrivarono infine davanti al cancello esterno e l'auto ripartì rombando, lasciandoli soli.

«Vuoi che entri con te?» le chiese Lorenzo, che appariva agitato almeno quanto lei, anche se tentava di non darlo a vedere.

Angela non riusciva neppure a parlare, guardava il cancello, le grate, le telecamere puntate su di loro, e si chiedeva come avrebbe superato tutte quelle sensazioni destabilizzanti.

«Temo sia una cosa che devo fare da sola. Ma grazie, davvero.»

«Come vuoi tu, in qualsiasi momento sai che noi saremo qui ad aspettarti» disse Lorenzo, rivolgendo un'occhiata al piccolo Bud, che nel frattempo si era accucciato al sole e si scrutava intorno con la lingua penzolante. «La nostra vita è altrove, insieme. Considera questa solo come una breve ma necessaria parentesi» aggiunse poi.

Angela gli lanciò uno sguardo riconoscente. La sua comprensione, la sua sensibilità nell'affrontare l'argomento, il suo essere presente per lei in ogni istante erano davvero impagabili.

Suonò il citofono, tremante, e rivolgendo un ultimo sguardo al ragazzo migliore del mondo, che sapeva sarebbe rimasto lì ad aspettarla trepidante, entrò all'interno del carcere.

«Sono qui per far visita alla detenuta Rosalba Marino» esclamò, mostrandosi più sicura di quanto non fosse in realtà.

«Le visite devono essere chieste dal detenuto e approvate dal direttore dell'istituto» rispose a pappardella la guardia all'ingresso, come se avesse ripetuto un'infinità di volte quella stessa frase a memoria, senza neppure rivolgerle uno sguardo.

«Ma...» balbettò Angela «io... sono sua figlia» riuscì a dire infine.

La guardia alzò gli occhi dal giornale che stava leggendo e la squadrò con l'aria di chi non aveva intenzione di ripetere le cose due volte, né voleva essere disturbato per motivi futili.

Angela avvertì un'ondata di disperazione. Non poteva credere di aver fatto tutta quella fatica, di aver lottato contro se stessa per arrivare fino a quel punto per poi vedersi sbattere la porta in faccia a causa di qualche stupida regola burocratica.

In quel momento, non c'era niente che desiderasse di più che riuscire ad affrontare quell'incontro così temuto.

La sua espressione dovette essere molto convincente, perché dopo un attimo la guardia fece per alzarsi, seppur stancamente.

«Attenda qui un momento» disse poi allontanandosi.

Angela rimase immobile, sperando in un epilogo positivo.

«È stata fortunata, signorina» affermò dopo poco la guardia, trascinandosi di nuovo sulla propria postazione, senza manifestare alcuna emozione. «L'orario di visite inizia fra qualche minuto e il direttore ha approvato la sua richiesta. Deve darmi i suoi documenti e compilare un'autocertificazione relativa al rapporto di parentela con la detenuta.»

Angela si sentì incredibilmente sollevata.

«Grazie, grazie!» esclamò di getto, manifestando il suo entusiasmo con più foga del dovuto e ricevendo in cambio uno sguardo sprezzante da parte del suo interlocutore, che le fece di colpo ricordare dove si trovasse e perché.

Eseguì ciò che le era stato richiesto, dichiarando sotto la propria responsabilità di essere la figlia della detenuta Rosalba Marino, e infine, mentre il cuore riprendeva a batterle all'impazzata, fu condotta all'interno della struttura.

Prima di poter entrare nella sala designata per le visite, dovette lasciare i propri effetti personali – borsa, cellulare – e una guardia la perquisì, toccandola praticamente dappertutto con modi non esattamente affabili, accrescendo così esponenzialmente la sua agitazione.

Era lì dentro da pochissimo e improvvisamente si sentiva come se fosse lei stessa una criminale invece che una mera visitatrice.

Per ritrovare la calma, cercò di ricordare perché lo stava facendo, ma si ripromise segretamente di non tornare mai più in un posto del genere, per nessun motivo.

Si sedette finalmente in una stanza con un lungo tavolo centrale e, mentre intorno a lei altri visitatori salutavano i propri parenti o amici che sopraggiungevano dalle proprie celle, Angela sospirò per scacciare via l'angoscia che l'aveva colta.

Era terrorizzata, ma non voleva che sua madre lo percepisse. Voleva mostrarsi forte, sicura, come quando a testa alta aveva incontrato la madre di Lorenzo, un'altra delle poche persone che conoscevano il suo passato.

Dopo poco, la vide arrivare.

In un primo momento faticò persino a riconoscerla. Abiti sgualciti, capelli crespi e maldestramente legati con un elastico, nessun accenno di trucco o dell'antica bellezza che la natura le aveva riservato.

Rosalba le parse ancora più magra del solito e appariva incredibilmente più grande della sua età, data la ricrescita grigia che le invadeva gran parte del cuoio capelluto e le profonde occhiaie e i segni di dolore impressi sul suo seppur ancora giovane viso.

Angela si era chiesta per tutto quel tempo cosa avrebbe provato rivedendo sua madre dopo nove anni, se rabbia o rassegnazione, se affetto o indifferenza. Di certo non immaginava che tutto ciò che sentiva si sarebbe potuto racchiudere in un'unica parola: pena.

E forse anche vergogna. Vergogna perché si era lasciata andare, perché quella che stava vivendo non era più definibile vita.

Era diventata il fantasma di se stessa.

Rosalba si sedette in silenzio, guardandola con occhi profondi e quasi studiandola, come se volesse imprimere quell'immagine nella sua mente per riafferrarla quando ne aveva più bisogno, come se volesse essere certa che fosse vera.

Angela immaginò che per lei potesse sembrare una sorta di miraggio trovarsi di fronte una figlia che aveva lasciato da bambina e che ormai ritrovava donna.

Fu proprio Rosalba, dopo un po', a interrompere quel silenzio carico di significati.

«Hai gli stessi occhi» disse soltanto.

Angela si pietrificò nel sentire la sua voce che si incrinava dall'emozione.

Poi lei continuò. «Gli stessi occhi... la stessa espressione di sempre. Eppure sei allo stesso tempo così diversa.»

«Ciao, mamma.»

Angela non pronunciava quella parola da anni, da quando l'aveva urlata ripetutamente, implorante, chiedendole con tutta la forza che aveva in gola di fermarsi, di tornare indietro, di non lasciarla da sola in quella maledetta cantina.

E anche Rosalba evidentemente non si sentiva chiamare così da un tempo che doveva esserle parso interminabile, perché nell'udire il suono della sua voce Angela la vide letteralmente morire dentro.

«Non credevo che ti avrei mai più rivisto» disse Rosalba, tentando di ricomporsi.

«Neanche io credevo che sarei mai venuta a trovarti.»

«Grazie per averlo fatto.»

«Non l'ho fatto per te.»

Rosalba abbassò gli occhi. Poi, come se non avesse sentito quell'ultima affermazione o non volesse accettarla, le chiese semplicemente:

«Come stai? Te la sei cavata in questi anni?»

«Me la sono cavata bene.»

«Sono felice di questo. Di non averti distrutto completamente la vita.»

«Oh, invece l'hai fatto, eccome se l'hai fatto. Perché Gemma quel giorno è morta, insieme a tutto ciò che ne era della mia infanzia. Sono risorta dal profondo abisso in cui mi avevi gettato e sono diventata un'altra. E per questo sento addirittura di doverti ringraziare. Mi hai insegnato nel più drammatico dei modi possibili che il mondo può essere un posto terrificante, in cui chi ti è più vicino e dovrebbe prendersi cura di te ti fa del male e in cui puoi contare solo su te stessa.»

«Ero malata, Gemma, non ragionavo, non capivo la portata di ciò che stavo facendo. E con questo non voglio giustificare il mio comportamento, te l'assicuro. Vorrei solo che tu riuscissi a trovare un po' di serenità nonostante quello che io ti ho fatto.»

«La mia serenità io l'ho ritrovata. Mi dispiace se pensi che non sia così. Anzi è proprio per questo che sono qui, per poter finalmente chiudere il cerchio e dirti ciò che solo adesso sono riuscita a metabolizzare.»

Rosalba annuì con rassegnazione e dalla sua espressione Angela capì che sua madre era pronta al peggio, disposta a sopportare qualsiasi cosa Angela volesse buttar fuori, pur di farla stare almeno un po' meglio.

Probabilmente anche lei aveva avuto occasione di lavorare su se stessa, nella solitudine della sua prigionia, punendosi ogni giorno e convivendo con il doloroso ricordo delle sue azioni.

E anche per lei, forse, avere quel dialogo con sua figlia poteva rappresentare un ultimo estremo tentativo di redimersi, di assolversi per ciò che aveva fatto.

Angela si fece forza e continuò, con tutta la freddezza che negli anni aveva affinato per sopportare il peso del trauma che aveva vissuto.

«Ti ricordi l'ultima cosa che mi hai detto prima di chiuderti per sempre quella porta alle spalle?»

Rosalba la guardò confusa, evidentemente non aveva come lei una chiara memoria di quel giorno.

«Io lo ricordo bene, perché quella parola mi ha tormentato inconsciamente per anni, fino a oggi, fino a quando non ho realizzato che era esattamente ciò che mi mancava per rimettere in sesto ogni più piccolo pezzo della mia esistenza ferita. La parola che mi hai detto è stata: *perdonami*.»

Sul volto segnato di Rosalba apparve una lacrima, mentre continuava a guardare la figlia senza distogliere lo sguardo.

«Ebbene, sai una cosa? Io ti perdono. Ti perdono per quello che mi hai fatto, perché adesso che sono cresciuta capisco che eri soltanto una donna troppo infelice e sola, senza nessuno che provasse a capirti e a darti l'aiuto che meritavi.»

Rosalba non trattenne più le lacrime, che divennero singhiozzi, facendola apparire ancora più minuta e fragile.

«Grazie, non sai quanto questo conti per me» disse ad Angela.

«Non ho ancora finito» la fermò lei, mentre la maschera di indifferenza si fratturava lentamente, come una crepa su una montagna che si allarga sempre di più, preannunciando una frana. «Ti perdono per quello che hai fatto a me, perché io sono sopravvissuta, sono stata forte e sono riuscita ad andare avanti nella mia vita, a dare un senso, passo dopo passo, al terribile dolore che avevo provato. Ma non ti perdonerò mai per aver ucciso Francesco.»

Dire quelle parole a voce alta, accennare al suo fratellino neonato, le provocò un tremendo senso di vuoto, ma era decisa a continuare.

«Forse tu non lo volevi, o lui non contava niente per te» disse mentre lacrime di rabbia e tristezza le rigavano il viso. «Ma per me lui era tutto. E non accetterò mai, e dico mai, che tu abbia stroncato per sempre la sua vita appena iniziata, quella vita che tu stessa gli avevi donato.»

«Lo so, te lo giuro, penso a lui in continuazione. A lui e a te, siete i miei pensieri fissi, quelli che mi mantengono ancora in vita, benché sappia di essere stata la madre peggiore del mondo e mi odi profondamente per questo.»

Rosalba tese una mano verso sua figlia, cercando disperatamente un contatto.

D'improvviso Angela ebbe paura di essere stata troppo dura, di aver annientato definitivamente quel cuore già in frantumi.

Senza che se ne rendesse conto, il pensiero volò a Lorenzo, al ragazzo che amava più di ogni altra persona al mondo, alla vita insieme che anche lui le aveva detto di volere con lei.

E il cuore le si intenerì, si riaccese la speranza per il futuro, trovò il suo pensiero felice, persino mentre era in un posto dannato come quello.

Solo a quel punto capì che continuare a torturare sua madre non l'avrebbe fatta stare meglio; perdonarla davvero, invece, avrebbe cambiato le cose per entrambe.

Allungò così le mani verso di lei e Rosalba le strinse forte a sé, alzando la testa verso il soffitto, come incredula che stesse accadendo davvero.

Angela represse una nuova ondata di lacrime.

D'un tratto, Rosalba parlò nuovamente, quasi riflettendo a voce alta, amaramente, mentre la sua voce diveniva un sussurro:

«Ho desiderato per tutta la vita soltanto di avere un uomo che mi amasse incondizionatamente, senza capire che quello stesso amore che cercavo era lì davanti a me, nei tuoi occhi e negli occhi di quel piccolo angelo dopo di te. Non ho dato il giusto valore al dono più bello che il destino potesse farmi. E mi merito tutto quello che mi è successo dopo, mi merito questo posto e la mia solitudine. Tu dici di avermi perdonato, e significa tutto per me. Ma sappi che io stessa non mi perdonerò mai.»

«Non tormentarti più. Adesso siamo libere.»

«Siamo libere» ripeté, mentre un sorriso stanco affiorava tra le lacrime.

«Addio, mamma» disse Angela stringendole un'ultima volta le mani fredde e ruvide.

«Addio, Gemma. Grazie di essere stata una figlia migliore di quanto io meritassi.»

Angela si alzò e si voltò, straziata.

«Grazie» continuava a ripetere Rosalba mentre lei si allontanava.

Nonostante tutto, Angela era felice di averle parlato, felice di averla vista un'ultima volta.

Rosalba era cambiata, pareva aver riflettuto profondamente sulle sue scelte sbagliate, sul dolore che aveva provocato. Non era rimasto in lei niente che ricordasse la sua impassibile rassegnazione, il suo cuore era colmo di rimpianti e di desiderio di riscatto.

Angela non sapeva dire con certezza se fosse riuscita a cambiare qualcosa, ad alleviare almeno in parte la sofferenza che entrambe avevano provato. Non sapeva se avrebbe mai potuto riallacciare un rapporto con sua madre, perché non c'era modo di accorciare la distanza abissale che separava le loro anime, così profondamente diverse, ma inesorabilmente collegate.

Di certo, però, provarci era stato meglio che vivere nel dubbio.

Mentre varcava il cancello di uscita e il sole le invadeva il corpo, abbagliandola per un lungo istante, scorse un bellissimo ragazzo appoggiato in un angolo in compagnia di un cane scodinzolante.

L'aspettavano lì, dove li aveva lasciati, e la osservavano come se fosse la creatura più preziosa del mondo.

Senza esitazione, si diresse verso di loro. Lorenzo la guardò negli occhi, cercando di intuire dal suo sguardo le sensazioni che aveva provato, quasi fosse certo di potervi leggere dentro.

Poi, come se avesse capito tutto, senza che lei neppure parlasse, le rivolse il suo sorriso più bello.

Si dice che gli occhi
siano l'unica parte del corpo
a non cambiare mai,
dalla nascita fino alla morte,
mantenendo sempre la stessa grandezza.
Possiamo dunque cambiare completamente,
ma non potremo cambiare i nostri occhi.

Si sa, anche,
che dopo il cervello gli occhi
sono l'organo più complesso del corpo umano,
perché lavorano in collaborazione con esso,
rendendo possibile percepire
le forme, le profondità, i colori
e consentendogli di analizzare e interpretare
le migliaia di informazioni che riceve da loro.
Possiamo mentire agli altri o a noi stessi,
ma i nostri occhi non mentiranno mai.

Forse è per questi motivi,
o per mille altri,
che è nato il detto:
"Gli occhi sono Lo Specchio dell'Anima."

NOTA DELL'AUTORE

Sono passati ormai quasi tre anni da quando "Lo specchio dell'Anima" ha visto la luce, rendendomi, anche a occhi esterni, una "vera" scrittrice e dando origine a una delle più belle e soddisfacenti avventure della mia vita.

Tre anni in cui ho dovuto affrontare e vincere le mie paure: prima fra tutte quella di espormi pubblicamente, di lasciare che parte della mia essenza più profonda uscisse fuori e venisse reinterpretata, assimilata, talvolta giudicata, da persone vicine così come da perfetti estranei. Perché, si sa, scrivere un libro, anche se totalmente frutto di fantasia, è un po' come mettersi a nudo. Un po' come Angela che tira fuori la sua verità e si sente, per questo, d'un tratto vulnerabile.

Ma quella vulnerabilità diventa infine la sua forza, ed è quello che è accaduto anche a me.

Sentire le impressioni della gente, leggere commenti entusiastici e sapere di essere riuscita a emozionare i lettori è stata la sorpresa più grande e insieme il successo più insperato.

È stata la spinta a non arrendermi, ad andare avanti e a continuare a coltivare questa mia passione.

Dopo la bellissima presentazione presso Xenìa Book Fair, la Fiera Internazionale del Libro all'aperto, organizzata dalla casa editrice Leonida Edizioni, in cui per la prima volta ho parlato del mio libro e letto un brano in pubblico (e sono stata persino intervistata da un'emittente locale), sono arrivati anche altri riconoscimenti e premi che mi hanno reso orgogliosa e fiera di me.

A partire dalla telefonata del Presidente del Caffè Letterario Mario La Cava, la quale mi informava che, su 37 opere in concorso (tra cui figuravano anche grandi autori e rinomate case editrici), la giuria dei lettori aveva scelto inaspettatamente "Lo specchio dell'anima" come secondo classificato con solo 0,5 punti di differenza dal primo.

A quella telefonata è seguito un incontro con i lettori molto emozionante e accorato, in cui sono stati eviscerati tanti aspetti del libro con analisi approfondite e accurate e in cui mi è stato chiesto a gran voce di dare un seguito alla storia, in particolare per esplorare meglio il rapporto con Michele, il padre di Angela, e per narrare di quel viaggio a New York che lei e Lorenzo erano destinati a compiere.

Ho partecipato anche ad altri eventi e presentazioni (ricordo in particolare il Book City a Milano e l'intervista su Radio Antenna Febea, con la simpaticissima conduttrice Simona!) e a qualche concorso letterario: non dimenticherò mai la gioia quando, su oltre quattrocento opere in concorso, ho visto apparire "Lo specchio dell'Anima" come secondo classificato al Premio *"Bestseller Condiviso - Scrittori e Lettori scelgono la qualità"* o quando ho viaggiato sino a Sambuca di Sicilia (borgo dei borghi 2016) per ritirare il premio per il terzo posto al *"XII Premio Internazionale Navarro"* o ancora quando il mio libro è stato selezionato, tra circa 600 opere, come uno dei 200 libri più belli d'Italia nel 3° Concorso Letterario *"Tre Colori"*.

Poi è arrivato "Io non credo nel destino", il mio secondo libro, pubblicato con Laruffa Editore in un periodo purtroppo difficile per via della pandemia da Covid-19, che ci ha impedito di organizzare tutti gli eventi che avremmo voluto e che il romanzo avrebbe meritato.

Eppure anche questo secondo lavoro mi ha regalato tanto, ottenendo riconoscimenti (Premio Speciale Tematico *"Le iridescenze dell'universo-mondo femminile"* nel V Concorso Nazionale *"Le parole arrivano a noi dal passato"*; Premio Speciale Giuria nel *"Premio Internazionale Agenda dei Poeti 2021"*; Menzione di merito nel V Premio Letterario Internazionale *"Maria Cumani Quasimodo"*) e tanta commozione e riflessioni da parte dei lettori, per i temi delicati trattati, come quello dell'eutanasia.

Un'avventura per me indimenticabile, insomma.

E adesso sono qui a ripercorrerla. Adesso che ho ultimato il mio terzo libro (il quale costituisce, proprio come mi era stato richiesto, un seguito del primo) e che aspetto di sapere quale sarà il suo futuro: quanto amore riuscirà a raccogliere intorno a sé, quanto i lettori che hanno amato Angela e Lorenzo saranno felici di poter sapere di più su di loro, in un'alternanza di capitoli tra presente e passato, tra Milano e New York, tra la vita di tutti i giorni e i segreti inespressi che tormentano il sonno la notte.

Adesso scelgo di ripubblicare in versione self-publishing su Amazon una seconda edizione con copertina rivisitata del mio primo libro, forte dell'esperienza acquisita.

Sono passati ormai quasi tre anni, ma "Lo specchio dell'Anima", di certo, non ha ultimato il suo viaggio nei cuori della gente.

E io non posso che dire grazie, di tutto.

Elena

Ps: se anche tu, che mi stai leggendo, sei riuscito a immedesimarti nei personaggi, hai amato e sofferto con loro, hai pianto e gioito, se anche soltanto sono riusciti a lasciarti qualcosa, sarei immensamente lieta e grata di sapere le tue impressioni attraverso una recensione su Amazon.

Sembrerà poca cosa, ma per noi scrittori emergenti è davvero importante. Solo attraverso il passaparola e i commenti dei lettori riusciamo a lasciare traccia di noi e a continuare, come speriamo, a regalare emozioni.

Se poi vuoi saperne di più su di me o sui miei libri, se hai qualsiasi domanda o curiosità, non esitare a scrivermi e a seguirmi sui social, ne sarei davvero felice!
Ecco tutti i riferimenti:

Pagina Facebook: ***Elena Inuso Scrittrice***

Instagram: ***@elenussya***

Sito web: ***www.elenainuso.it***

INDICE

Stampato nel mese di Marzo 2022
Da Amazon KDP